ASPHALTBLUME

Anastasia Weimer

ASPHALTBLUME

Episodenroman

BoD - Books on Demand

ISBN: 978-3-744-89310-7

Herstellung & Verlag: BoD - Books on Demand,
Norderstedt

Für Sergej & Nina

DER DIAMANTENSCHLEIFER

NEW YORK, USA
Silvester 1995

»Du brauchst nichts vor mir zu verbergen. Ich werde dich nicht kontrollieren.«

»Nein, ich weiß. Es war nicht so wichtig. Nur eine gute Bekannte aus meiner Selbsthilfegruppe. Dolphine«, sagte er und legte das Telefon schnell aus der Hand.

Sie hatte das Handtuch um ihren Körper geschlungen und die Schminke weggewischt. So stand sie nun mit nacktem Gesicht vor ihm. In ihrem Blick zeichnete sich Verletzlichkeit ab und die Drohung, selber jemanden verletzen zu können.

Es war definitiv ein Wendepunkt, als er dieses Mal nicht einschlafen konnte, weil ihm Dinge einfielen, an die er lange nicht mehr zurückgedacht hatte. Er hatte nichts verdrängt, flüchtete nur aus einer Sinnkrise, um geistige Ruhe zu finden, denn sein inneres Potenzial war ausgeschöpft und er befand sich in einem Zustand, in dem materielle Werte keine Rolle mehr spielten. Er fing an, großherzige Gedanken bei innerer

Armut zu entwickeln, denn er begriff, dass Komfort und Reichtum kein Glück brachten. Zumindest ihm nicht.

Im Leben gibt es immer zwei Seiten. Auf der einen balancierst du über der Hölle und fällst nicht hinein, und auf der anderen spazierst du im Garten Eden, aber allein.

Gähnend machte er die Tischlampe an. Auf seinem Arbeitstisch lagen Rohdiamanten, sorgfältig ausgebreitet auf einem bestickten weißen Taschentuch, und obwohl das Licht die Steine direkt anleuchtete, reflektierte kein Feuer aus ihnen. Das Funkeln musste erst noch zurechtgeschliffen werden.

Nachdem David die Steine nach Größe, Gewicht, Farbe, Reinheit und Form geprüft hatte, legte er sich auf die Couch. Seine Augen stolperten zum Fenster und er betrachtete die einsamen Straßen. Das kalte Licht der Laternen fiel auf sein Fensterbrett und beleuchtete die zurückgekehrte Nacht.

In den gegenüberliegenden Häusern brannten unregelmäßig Lichter.

Er stand auf und trat dicht an die Scheibe. Ab und zu sah er dort draußen Menschen auftauchen. Hoffnungsvoll betrachtete er sie so lange, bis diese aus seinem Blickfeld verschwunden waren. Einen von ihnen kenne er bestimmt, dachte er, aber Freunde hatte er keine, nur gute Bekannte, bei denen man sich vorher anmeldet, bevor man sie besucht.

Der Himmel war in rotem Anthrazit getaucht und seine Einsamkeit war da, so groß wie nie zuvor in diesem Jahr.

Erneut legte er sich wieder auf die Couch. Nach wenigen Minuten wachte er auf und sein Blick fiel schwer auf die Uhr. Im Flur war ein Klopfen zu hören.

Die Decken waren hoch und ein großer Spiegel hing an der Wand. Dort drinnen betrachtete sie sich. Ihr Spiegelbild war nicht mehr dasselbe.

»Setz dich, Wara«, rief er sie und deutete auf die Couch.

Er hatte nicht mal mehr Pflanzen in der Wohnung, aber stattdessen standen Skulpturen in den Ecken. Wara beeindruckte das alles nicht, aber sie versuchte, interessiert zu gucken.

»Willst du Tee?«, fragte er unbeholfen.

Sie stand auf.

»Was ist das?«

»Ich arbeite wieder.«

»Ich dachte, du hast aufgehört?«

»Nein, nein. Siehst du, ich muss noch ein paar Facetten anlegen«, sagte er und zeigte ihr seine aktuelle Arbeit. »Sieh her, ich schleife das mit einer Schleifzange ab und anschließend muss ich es noch polieren.«

»Ich habe noch nie verstanden, wozu man solche Dinge braucht«, sagte Wara gelangweilt.

»Diamanten regieren die Welt! Mit ihnen beschäftige ich mich Tag und Nacht. Diamanten zwingen einen, den richtigen Lebensweg zu suchen. Ein Diamant ist eine unverbrüchliche Wahrheit«, sprach er euphorisch und schob seine Brille wieder hoch.

Wara schaute ihn an. Ihr Kopf neigte sich zum Tisch und ihre Gedanken fielen darauf.

»Sie verhelfen auch zur Weisheit«, fügte er hinzu.

Sie lachte. David ebenfalls, er wusste aber nicht warum. Dennoch war er glücklich. Dieses Gefühl war so vertraut wiedergekommen, wie es einst gegangen war.

In seinem Kopf gingen so viele Gedanken umher und er stand eine Zeit lang vor ihr und musterte sie. Wieder hatte er das Gefühl etwas zu verpassen, aber im Grunde hatte er schon so gut wie alles mitgemacht.

Sie ging aus der Tür ins Schlafzimmer.

»Ich gehe mich umziehen«, sagte sie zu ihm.

Nach einer Minute wurde er ungeduldig.

»Was meinst du, steht mir die Farbe?«, fragte sie ihn kurz darauf und machte die Knöpfe seines Hemdes zu, das auf ihrem schmalen Körper viel zu groß wirkte.

Er konnte wirklich nichts dafür, dass er das Mädchen anstarrte wie ein Idiot und sich erneut in sie verliebte.

Sie setzten sich in die Küche und David kochte Tee. Wara machte den ersten Zug von ihrer Zigarette und drehte das Radio lauter. Zuerst wollte er sie bitten, hier drinnen nicht zu rauchen, denn er selbst war nicht mehr Raucher, aber wie der Qualm so aus ihrem Mund kam, fand er sehr betörend und ließ es einfach zu.

Die Schneeflocken fielen ganz sanft und wie in Zeitlupe über Manhattan. Es war so, als sei die Zeit draußen endlich zur Ruhe gekommen.

Wara nippte an ihrem Tee und spuckte ihn zurück in die Tasse, weil er noch viel zu heiß war.

Er lehnte sich mit dem Rücken an die Gasplatte und schubste tollpatschig den Kessel zur Seite. Beide lachten. Und als sie immer noch lachte, betrachtete David sie.

Ihre Stirn war gewölbt und größer als bei den anderen Frauen. Die kurzen, pechschwarzen Haare, ihr langes jungenhaftes Gesicht und das übergroße Hemd, das ihren dünnen Körper wie eine Decke umhüllte, machten ihn fast wahnsinnig, aber er wollte sich nicht von seinen Gefühlen in die Irre leiten lassen.

Er nahm die Tassen und ging wieder ins Wohnzimmer, nachdem sie die Zigarette unter dem Wasserstrahl ausgemacht hatte.

Sie tänzelte vor ihm und sein plötzliches Glück brach aus.

»Ich habe dich so vermisst«, sagte sie.

»Ach, wirklich?«, fragte er und versuchte ruhig zu bleiben.

»Ja, denk schon. Und es gab keinen Tag, an dem ich nicht an dich gedacht habe, David.«

Es klingelte an der Tür. *Wer sollte das sein?*, fragte er sich.

»Mrs. Castevet, wie schön Sie zu sehen. Wie kann ich Ihnen helfen? Ist die Sicherung wieder durchgebrannt?«, fragte David mit charmanter Gehässigkeit.

»Oh nein, David, der Einzige der durchgebrannt ist, war mein Verlobter. Naja, wissen Sie, es ist Silvester und ich habe laute Musik gehört. Feiern Sie eine Party?«

»Nein, Mrs. Castevet, keine Party. Meine Frau, Warwara, hat die Musik wahrscheinlich etwas lauter gedreht. Es tut uns leid, wir wollten Sie nicht belästigen.«

»Soso, Warwara?«, fragte die alte Dame skeptisch. »Hm, aber David, haben Sie nicht gesagt, Warwara sei damals … darf ich sie sehen?«

»Ich denke, das wäre nicht so gut. Sie ist ziemlich er…« Aber noch bevor David seinen Satz beenden konnte, stolzierte die alte Dame bereits in der Wohnung umher.

»Wusste ich es doch! Keiner zu sehen. Mein Lieber, legen Sie sich besser etwas hin«, sagte sie und schlug ihm ein paar Mal kräftig auf die Wange.

Sie musste sich irgendwo versteckt haben, dachte David und suchte sie mit den Augen.

»Wie auch immer … David, ich möchte Sie bitten, etwas leiser zu sein und mehr auf sich achtzugeben«, sagte die alte Dame.

David schloss die Tür und drehte die Musik leiser. Er wusste nicht, was man zu zweit in seiner Wohnung machen sollte, er war zu lange allein gewesen, sie hatte ihn zu lange allein gelassen!

»Wo bist du?«, rief er.

»Hier am Fenster.«

Beide gingen aufeinander zu. Sie schloss kurz die Augen und er überlegte, an was sie jetzt wohl dachte. Als Warwara ihre Augen wieder öffnete, waren sie voller Leuchtkraft. Unglaublich! Er riskierte einen tiefen Blick und schaffte es nicht, sich wegzudrehen.

»Wie lange waren wir getrennt?«, fragte sie.

»Vier Jahre.«

»Hat sich was verändert?«

Er überlegte kurz und sagte dann: »Ich denke, jetzt da ich älter werde, sollte aus dem Status quo, in dem ich mich befinde – oder in den ich mich gebracht habe – Status 0 werden. Ich finde, wenn man nichts hat, kann einen keiner nach materiellen Dingen bewerten, beneiden oder mit anderen gar vergleichen. Aber wenn man Weisheit hat, Lebenserfahrung und Menschenkenntnis, wenn man richtig zu denken weiß, zu fühlen und zu handeln, dann ist das mehr wert. Man kann in beiden Hinsichten reich sein, aber materielle Werte kann man, wenn man stirbt, nicht mitnehmen. Taten … Gefühle, die man produziert … nur das ist wichtig.«

Wara schaute ihn lange an, nachdem er bereits aufgehört hatte zu reden.

»Vielleicht bist du so unglücklich …« Sie hielt kurz inne und setzte nochmal neu an. »Vielleicht hast du nur noch niemanden gefunden, mit dem du all das teilen könntest. Vielleicht ist es dir deshalb unwichtig geworden.«

Ihre Aussage traf ihn wie eine Ohrfeige. Er fühlte sich unwohl, denn sie sagte das so einfach dahin und blieb dabei völlig ruhig. Wusste sie denn nicht, dass er nur sie allein wollte und keine andere? Wahrscheinlich hatte sie nicht einmal nachgedacht, bevor sie das sagte, so als ob sie ihn beobachtete, ihn an seinem tiefsten Punkt traf, indem sie etwas Verletzendes zur Sprache brachte und ihn damit allein ließ.

»Küsst du mich? Bitte tue es.«

Sie sagte es so unerwartet leise, dass man es kaum verstand, und als sie die Augen schloss, küsste er sie auf die Stirn.

Sie öffnete ihre Augen wieder und sah ihn stumm an. Sein Kuss war grob auf ihre Stirn gefallen, wie damals, bei ihrem Abschied vor vier Jahren.

Er ging ins Bad und als er zurückkam, lag sie ausgezogen auf dem Sofa und schaute nachdenklich aus dem Fenster. New York war im Schnee versunken und unter der weißen Schicht kamen Häuser hervor. Der Himmel war weiß, so wie der Boden und die Dächer.

Sie legte ihren Ellenbogen auf die Sofakante.

»Wieso küsst du mich nicht?«

David setzte sich zu ihr. Sie roch nach kaltem Rauch.

Es hingen keine Gardinen an den Fenstern, deshalb zog er die Jalousien runter und schaute sie dann lange an, doch sie blickte nicht zu ihm.

Er biss sich auf die Lippen, denn sein bemitleidenswertes Herz sehnte sich nach ihr. Voller Schmerz, sie so lange nicht gespürt zu haben, wollte er die Decke über ihrem nackten Körper sein. Er wollte sie hin und her in den Schlaf wiegen.

»Ist dir nicht kalt?«, fragte er Warwara und wollte sie mit dem Hemd zudecken.

»Jetzt schon, nach deinem eisigen Blick«, sagte sie enttäuscht.

»Versteh mich doch, du bist …«

»Bin ich tot für dich?«, fragte sie wütend.

Er setzte sich zu ihr und die Nähe machte ihn besinnungslos, aber der Gedanke, dass er Wara nicht berühren sollte, trennte ihn von ihr.

Seine Liebschaften mit Frauen waren immer gleich. Sie waren gleich alt und gleich schön, aber niemals bekam er zu einer von ihnen die gleichen Gefühle, die er für Warwara empfand. Vielleicht waren es auch die Kälte draußen und die Wärme drinnen, die sein kaltes Herz schmelzen und Gefühle für diese Frau zuließen.

Man sagt, alles was passiert, passiert aus einem ganz bestimmten Grund. Er versuchte, das Ereignis vor vier Jahren zu vergessen, bis er sich einbildete, dass sie niemals gegangen war.

David sah den Schatten in ihren Augen. Es waren zurückgehaltene Tränen. Ihre schwarzen Augenbrauen bildeten den Rahmen in ihrem Gesicht.

»Wenn ich weggehe und wiederkomme, würde ich dich gerne hier sehen. Bleibst du hier?«, fragte er sie vorsichtig.

Als er es sagte, bereute er es gleich wieder, denn er wollte nicht wissen, was sie wollte. Er wollte, dass sie bei ihm blieb. Und heute Nacht wollte David auch nicht mehr weg.

»Würdest du mich denn zurückhaben wollen?«, fragte sie und das brachte ihn zum Lächeln.

Es war nun draußen so kalt geworden, dass sich nicht einmal die Äste der Bäume bewegten.

Sie schob langsam seine Hand an ihre Hüfte und versuchte nun erneut, ihn zu einem Kuss zu überreden. Als er ihren Kuss erwidern wollte, fühlte er, dass die Idee von Liebe in die Brüche gehen könnte.

»Weißt du, weshalb ich damals weggegangen bin? Ich war auf der Suche nach meinem Vater. Und weißt du, was ich ihm sagen wollte, nachdem ich gesehen hätte, wer er ist? Ich wollte zu ihm sagen: *Ich hasse dich nicht seit meiner Geburt, ich hasse dich erst, seitdem ich weiß, wer du bist!*

Er ist abgehauen, als ich fünf war. Ich habe mich nie getraut, es dir zu erzählen.

Als Kind, wenn ich nicht schlafen konnte, setzte mich mein Vater ins Auto und fuhr ein paar Runden durch die Straßen. Dann schlief ich sofort ein. Damals hat er mich bestimmt geliebt. Was denkst du?«, fragte sie und konnte ihre Tränen nicht mehr zurückhalten.

»Sicher hat er dich geliebt und er liebt dich immer noch, nur hat er manchmal vergessen an dich zu denken. Das ist alles.«

»Glaubst du, er wollte mich vergessen?«, fragte sie traurig.

»Vielleicht, aber es ist ihm nie gelungen.«

Wara weinte leise. Tief in ihr drin hatte sich eine Wunde geöffnet. Wäre sie damals nicht gefahren, wäre dieser schreckliche Unfall nie passiert.

In dem halb beleuchteten Raum war nur eine Silhouette an der Wand zu erkennen. Und ihm war es gestattet sie zu küssen, aber er widerstand der Versuchung.

»Vielleicht bleibst du für immer bei mir! Wenn wir zu zweit wären, wären wir weniger allein und ich könnte alles mit dir teilen«, sagte er.

»David, wenn es in meiner Macht liegt, diese Entscheidung zu treffen, dann musst du auf meine Antwort warten, ja? Machst du es? Bitte? Und solange du wartest, kann ich doch hier bleiben und so wären wir zusammen.«

David schaute Warwara lange an.

In ihren traurigen Augen spiegelte sich seine Sehnsucht wieder.

»Ist dir kalt?«, fragte er besorgt.

»Es ist immer so kalt«, antwortete sie ihm.

Lange Zeit blieb er vor dem großen Spiegel stehen und wischte sich etwas aus den Augen.

Sein Leben änderte sich schlagartig und aus dieser flüchtigen Sehnsucht wurde erneut Liebe.

.

FLIEGEN IM WINTER

FRANKREICH

Winter, 24 Jahre zuvor

Ein eiskalter Hauch umgab ihn und er wusste nicht, wurde er verfolgt oder behütet?

Es war jene Zeit der verlorenen Freude. Kaum hatte er sich etwas eingelebt, da kam in ihm alles wieder hoch und dieser Aufmarsch der Erinnerungen war wie ein unerwarteter Schlag in die Magengrube.

»David, kommst du nun oder soll ich dein Essen dem Hund geben?«

Der Junge erschien trotzig in der Küche. Der Pony seiner aschblonden Haare fiel ihm leicht in die Stirn und da der Zwölfjährige über den Sommer einen Wachstumsschub bekommen hatte, endete der Ärmel seines gestreiften Pullovers weit oberhalb des Handgelenks.

Er setzte sich hin und sah zu, wie Tante Neta ihm einen Teller Suppe reichte. Sogleich fing sie mit dem Abwasch an. Es roch zwar immer nach Essen bei Tante Neta in der Küche, aber man sah nie dreckiges Geschirr, Töpfe oder Pfannen.

»Iss alles auf!«, herrschte sie ihn an.

Er roch daran und verzog das Gesicht.

»Ist ja widerlich«, provozierte er sie.

»Entweder du isst es oder der Hund kriegt es und du bleibst für den Rest des Tages hungrig.«

»Schon gut. Ich esse ja«, sagte David und führte demonstrativ den Löffel zum Mund. Er blickte auf den Hund, der zu seinen Füßen lag, und räusperte sich: »Sonst verreckt der Hund noch an dem Zeug.«

Tante Neta tat so, als hätte sie ihn überhört.

»Wie hast du dich in deiner neuen Schule eingelebt?«

»Sie ist nicht neu! Die Schule ist steinalt. Im wahrsten Sinne des Wortes. Die Steine sind so alt, die bröckeln bereits, genauso wie die Nonnen.«

»Es ist die beste katholische Schule in dieser Stadt, sagt man.«

»Wer sagt das?«

»Was weiß ich … hör auf zu reden und iss jetzt!«

»Wusstest du, dass sich die Nonnen dort die Beine nicht rasieren? Und generell sollen katholische Mädchen nichts von Hygiene halten.«

»Wo hast du denn diesen Quatsch aufgeschnappt? Das stimmt doch überhaupt nicht. Ich war auch auf einer katholischen Schule.«

»Na sag ich doch«, flüsterte David und verdrehte die Augen.

Tante Neta schaute ihn böse an. Um diesem Blick zu entkommen, starrte David auf die Kartoffeln, die trostlos im Teller umherschwammen.

Aus dem Flur hörte man mehrere Umdrehungen im Türschloss, es klang wie die hoffnungsfreudige Melodie eines Schlüsselkarussels. Jemand öffnete die Tür.

»Salut, Tante. Salut, Daviii«, rief eine Stimme und David rannte ihr entgegen.

Er umarmte seine ältere Schwester, Shoshanna, presste sich an sie und kniff seine Augen fest zusammen, um die Tränen nicht rauszulassen.

»Na du! Du willst mir wohl die Luft zuschnüren?«

Sie blickte ihrem Bruder direkt in die Augen, als sie ihm einen Kuss aufdrücken wollte. Seine Augen sandten ein Signal aus, das nach einem Hilferuf aussah. Sie versuchte jedoch, fröhlich zu bleiben und seine Gefühle zu ignorieren.

»Du kommst spät, Shoshanna«, sagte Tante Neta.

»Ich musste zur Bank, bevor ich zum Bahnhof

fahren konnte. Das dauert alles seine Zeit. Aber das Zugticket nach Paris habe ich jetzt!«

»Wann geht es los?«

»Nächste Woche schon. Ich bin so aufgeregt. Ich muss mir die Universität angucken, mir ein Zimmer suchen und noch einen Job, irgendwo in einem tollen Café.«

»Das Studium an der Sorbonne beginnt erst im Herbst, bis dahin sind es noch ein paar Monate«, sagte Tante Neta stirnrunzelnd.

»Tante, hast du nicht selber gesagt, ich sollte alles rechtzeitig klären?«

Die schlagfertige Antwort übertönte der schrille Klingelton des Telefonapparats. Tante Neta ging ins andere Zimmer und tat so, als hätte sie Shoshanna ganz und gar überhört.

»O, nach Paris willst du gehen und mich hier allein lassen mit dieser Hexe?«

»Tante Neta ist keine Hexe.«

»Und weshalb steht ein Besen drüben in der Garage?«

»Es ist ein alter Besen. Damals gab es keine Staubsauger. Der gehörte Oma.«

»Was? Oma war auch eine Hexe?«

»Nein Daviii, keiner ist eine Hexe, obwohl ...«

34

Shoshanna sah David an, als ob sie mehr wusste. Den Jungen überkam ein Schrecken.

»Ich verspreche dir, sobald ich genügend Geld für uns zwei verdiene, werden wir von Tante Neta wegziehen. Nach Paris oder nach New York oder Amsterdam, wer weiß. Na, wie klingt das?«

»Wie ein Versprechen«, sagte David nickend.

»Ich lass dich niemals im Stich, wo unsere Maman doch ... Aber bitte hör auf, Tante Neta zu provozieren. Sie hat es auch nicht leicht. Jetzt, da Onkel Bernhard sie verlassen hat, darfst du sie nicht zu sehr aufregen, sie wird dann schnell aggressiv.«

»Wie eine Furie«, unterbrach sie David lachend.

»Wer ist hier eine Furie?«, fragte Tante Neta, die stürmisch aus dem Wohnzimmer kam.

Stille kam über das Geschwisterpaar.

»Ich geh mal packen und dann bin ich zum Essen fertig.«

David sank auf den Stuhl vor dem Teller zurück.

»Iss weiter!«

Tante Neta wusch weiter ab. Die glitschigen Tassen versuchten ihr aus den Händen zu gleiten, gar zu zerbrechen. Früher war der Abwasch wie eine Art Meditation für sie gewesen, bei der sie ihre Gedanken schweifen lassen konnte. Jetzt konzentrierte sie sich so sehr auf die Unversehrtheit des Geschirrs, dass die übertriebene Perfektion beim Hinstellen und Einordnen der Teller und Tassen dem Zuschauer eine perverse Attraktion bot.

»Könnte ich Brot dazu haben?«, fragte David.

Da entglitt ihren zitternden Händen ein Kaffeebecher. In diesem Moment kamen Davids Worte, diese einfache Bitte, wie eine Lawine über Netas Nervensystem, das abrupt stoppte und in sich zusammenbrach.

Sie warf den Becher voller Wut ins Waschbecken und er zersprang.

»Nun schau … das ist alles deine Schuld!«, schrie sie voller Verzweiflung.

David erschrak und einen Moment lang herrschte Angespanntheit, bis aus dieser Stille einige Worte wie Pfeile hinaus katapultiert wurden.

»Du bist nicht meine Mutter! Du hast kein Recht mich anzuschreien!«, brüllte David voller Zorn.

Er sprang vom Stuhl auf. Und stellte sich dahinter, wie hinter eine Mauer. In seiner zittrigen Stimme lagen Angst und Anspannung. Sein aufrechter Körper bebte und Tante Neta verschwand aufgelöst aus der Küche.

Er nahm sich einen Hocker, stellte diesen ans Fenster und kniete sich auf das wacklige alte Ding. Auf dem Fenstersims lag eine Fliege. David war es nicht gewohnt, in der kalten Jahreszeit Fliegen zu sehen. Zu seiner eigenen Überraschung rief er: »Fliegen im Winter!«

Doch keiner schien ihn gehört zu haben.

Die Fliege bewegte sich nicht, lag starr auf ihrem Rücken. Sie war ganz offensichtlich tot. Zuerst wollte er in den Garten laufen und sie unter einem Zweig begraben, dann aber dachte er über den Ärger nach, den er mit Tante Neta bekommen würde, und außerdem war die Erde sicher zugefroren.

Wahrscheinlich war die Fliege in den Abendstunden der Sommernächte durchs Fenster hereingeflogen und später zwischen den geschlossenen Fensterläden erstickt. Oder sie ist einfach gegen die Scheibe geflogen. Diese dumme Fliege. Sie vertrocknete von innen heraus, dachte er.

Die Blumentöpfe auf dem Sims sahen wie eine ideale Ruhestätte aus. Sein Zeigefinger tauchte mehrmals in die Erde ein, um ein Loch hineinzudrücken. Der Fingernagel war danach ganz schwarz. Dann legte er die Fliege in die Erde, unter eine kleine Pflanze, und sprach ein leises Gebet.

In der *École* sagen die Nonnen immer, dass jedes Geschöpf auf Erden eine Seele hat. Das bedeutete, dass auch jene Fliege eine kleine Seele besaß.

Seine liebe Mutter, Gott habe sie selig, hatte einen ganz eigenen Umgang mit den Tieren. David erinnerte sich, wie an einem Sommertag die Fliegen in die Limonade flogen, und anstatt die Limonade auszukippen, brachte die Mutter ihren Kindern bei, die Fliegen vollständig in die Limonade einzutauchen, bevor man sie rausholte. Sie sagte, in dem einen Flügel sei Gift, mit dem sich die Fliege in Notsituationen verteidige, und in dem anderen Flügel das Heilmittel. Seine Mutter war eine kluge Frau und so fantasievoll.

Er schaute nach draußen in den Garten. Auf dem kleinen Hügel lag Schnee, er bedeckte die Büsche und Äste. Er fixierte den großen Baum und fand in seiner kindlichen Fantasie das Gesicht eines alten Mannes wieder.

Während er auf dem Hocker am Fensterbrett

kniete und verträumt auf die Bäume im Garten blickte, dachte er an seine Mutter. Sie war kurz vor den Sommerferien gestorben. Die Ferien hatte er heulend in seinem Zimmer verbracht, bis *jemand* die Idee hatte, er und seine Schwester sollten doch besser zur Tante ziehen.

Er holte aus dem Schrank das Brot heraus, setzte sich zurück an den Tisch und löffelte seine Suppe zu Ende. Aus dem Brot formte er kleine Kugeln, die er sich genüsslich wie Pralinen in den Mund stopfte.

Shoshanna kam in die Küche, nahm sich einen Teller Suppe und setzte sich zu ihm an den Tisch. Sie blickte gelangweilt auf ihren Teller, nahm ihn hoch und trank die Suppe mit wenigen Schlucken aus.

Lächelnd streckte sie David die Zunge raus und strich sich die Strähnen hinters Ohr, dabei funkelten die Diamantohrringe ihrer Mutter auf.

Just in diesem Moment hatte er die Freude seiner Mutter, in jenem Funkeln der Diamanten, wiedergesehen. Und er starrte mehrere Minuten wie hypnotisiert auf die leuchtenden Steine.

Tante Neta kam zurück in die Küche. Ihre Augen waren rot und ihr Gesicht ganz fleckig.

Wahrscheinlich hatte sie wieder mal geweint. Sie wirkte unsicher und verstört.

»Sie hat den Teller nicht in die Spüle gestellt und dabei will sie allein in Paris leben. Dieses Kind!«

Sie setzte sich neben ihn und sah den Tisch an. Er überlegte, was wohl jetzt wieder kommen würde.

»Weißt du, David, früher bin ich oft umhergereist. Nenn mir ein Land und ich sage dir, was ich dort erlebt habe!«

David überlegte kurz.

»Mongolei«, sagte er und dachte an die Steppenkämpfer und Dschingis Khan.

»Na, da war ich nicht.«

David sah sie ungläubig an.

»Ich war Geologin, habe die Natur erforscht.«

»Untersucht ein Geologe nicht Steine?«

»Ein Geologe ... Ach was weißt du schon!«

»Du hast Steine gesucht«, meinte er wenig begeistert.

»Sei nicht so frech. Nicht viele Frauen hatten die Chance exotische Länder zu bereisen.«

»Dann hast du ja bestimmt sehr viele Freunde auf der ganzen Welt!«

Tante Neta sah ihn sprachlos an. Tatsächlich hatte sie viele Menschen kennengelernt, einige davon waren ihr auch mal wichtig gewesen, aber das lag lange zurück.

»Nein, wenn man groß ist und neue Menschen kennenlernt, heißt es nicht mehr Freundschaft. Es werden Bekannte«, sagte sie, sich eingestehend, dass sie im Grunde niemanden mehr hatte.

Nun reflektierte David ihr sprachloses Gesicht und sah sie verständnislos an.

»Meine letzte Reise ging nach Tibet. Das war neunzehnhundert... Dieses Land ist etwas ganz besonderes«, sagte sie gedankenverloren. Dann drehte sie sich zu ihm um und meinte: »Willst du wissen, was dort das Abscheulichste und zudem Faszinierendste für mich war?«

»Oh ja!«

»Iss auf, dann erzähl ich es dir«, sagte sie und legte ihren Kopf auf den Tisch.

David sah sie lange mitleidsvoll an. Er hob vorsichtig seine Hand und strich ihr dann über das Haar.

SINNSUCHER

AM YARLUNG TSANGPO, TIBET
Die Himmelsbestattung

»Schau dich an, du siehst immer noch so schön aus wie vor der Geburt«, sagte jemand monoton flüsternd und diesen Satz so lange wiederholend, bis jeder Sinn sich dem Verstand entzog.

Nima war einundzwanzig Jahre alt, als sie ihre Tochter unter starken Schmerzen gebar. Zur Beruhigung legte man einen Beutel mit Eis auf ihren Bauch. Doch als die Kälte ihren Körper berührte, wachte sie davon auf.

Die alte Frau streichelte Nimas Wange. Die Hände, die sie als kleines Kind hielten, waren nun zittrig und alt geworden.

»Die Vergänglichkeit des Lebens machte mich so«, sagte die Alte, als ob sie Nimas Gedanken lesen konnte, »aber du wirst dies nie erfahren.«

Nima blickte überrascht auf. Doch da war keiner. In Nimas Gedanken breitete sich ein grauenhaftes Gefühl aus. Ihr Gesicht versteinerte, ihr Körper fühlte das entsetzliche Leid. Die Milch in ihrer Brust bewegte sich, als vermische sie sich mit dem Blut und stieg in den Kopf. Sie wurde bleich wie Marmor. Der Brustkorb hob sich und sank mehrere Male nieder. Ihre Augäpfel verdrehten sich. Wie ein kleiner Strom floss dunkles Blut aus Ihrem Mundwinkel. Sie zuckte mit dem ganzen Körper, dann bewegte sie sich nicht mehr.

Ist ein Zimmer leer, wenn ein Toter darin weilt?

Yeshi, Nimas Ehemann, kam herein, aber schon beim Anblick des leblosen Körpers stockte ihm der Atem. Er vergaß alles um sich herum und starrte mehrere Minuten auf das Bett. Er setzte sich an die Kante und hielt ihre kalte Hand, versuchte, sie mit seiner zu wärmen, aber vergebens.

Solange und intensiv er auch auf Nima blickte, blieb es doch was es war – eine leblose Hülle. Ein Körper ohne Geist.

Er stand ruckartig auf, raufte sich die Haare, dachte nach, ohne eine Antwort zu finden. Das Verwirrtsein ließ nicht von ihm ab.

Den Krug mit Wasser, der auf der Kommode neben dem Bett stand, stieß er um, sodass er auf dem Boden in viele kleine Scherben zerbrach. Diese lagen millimeterklein im ganzen Raum verstreut, und das Wasser lief über den handgewebten Teppich zu einem Fluss zusammen.

Er schrie, aber es war sinnlos, denn nichts konnte sie wieder zum Leben erwecken.

Keine Gebete helfen dem leblosen Körper, dass sein Geist aus dem Schlaf des Todes zurückkehrt.

Yeshi nahm Schritte wahr, sie rannten förmlich. Bis zur letzten Minute dachte er, es sei Nima, die aus dem Totenreich geflohen sei. Er wollte ihr doch noch Lebewohl sagen …

Die Tür öffnete sich und gleich erkannte er die Stimme, die ihm zwar wohlbekannt war, auf welche sein Herz aber nicht reagierte.

Angespannt schaute sich seine Schwägerin im Zimmer um. Noch erkannte sie nicht das Leid, welches Yeshi sah. Sie schaute Yeshi eindringlich an, doch er sagte nichts, blieb still stehen, wie ein Soldat, der sich ohne Befehl nicht zu rühren wagte. Ihr Blick fixierte seine Augen und sie folgte seinem Blick. Schnell begriff auch sie.

Auf leisen Sohlen ging sie zu ihrer Schwester, als wolle sie diese nicht aufwecken. Sie legte ihre Handflächen auf das blasse Gesicht, ohne es jedoch richtig zu berühren. Sie war tot. Nebenan lag ein Neugeborenes.

Zum Zeitpunkt der Trauer hilft Trost, aber Yeshi musste sich noch an das Leid gewöhnen, in dem er zurückgelassen wurde.

Es war still und es wurde noch stiller im Haus, dort an Tibets breitestem Fluss. Die Familie wurde geformt durch Schmerz. Die tiefste aller Wunden war aufgebrochen worden.

Drei Lamas kamen am späten Nachmittag, um die Gebetszeremonie abzuhalten. Danach wurde Nimas Gesicht mit einem weißen Tuch bedeckt.

»Berührt die Leiche nicht!«, wies einer der Lamas die Familie streng an.

Die *Paowa-Zeremonie*, die die Spanne zwischen Tod und Wiedergeburt symbolisiert, dauerte mehrere Stunden. Die Lamas beschworen Nimas Seele ins Paradies einzusteigen und rezitierten Verse aus dem Buch des Todes, um die Seele auf die 49 Ebenen des *Bardo* vorzubereiten.

Yeshi ging aus dem Zimmer. Während er ganz in Gedanken umherging, schien es ihm, als käme Nimas lieblicher Duft über ihn geströmt. Er wollte wissen, von wo dieser herkam. Langsam öffnete er den Vorhang, aber der schöne Geruch war bereits verflogen, stattdessen kam eine Flutwelle von Weihrauch auf ihn zu.

Die Frauen, die um die kleine Tochter herumsaßen, erblickten ihn und schenkten ihm ein aufmunterndes Lächeln, doch er fühlte sich ertappt und ließ den Vorhang wieder zufallen, lief dann mit schnellem Sprung aus dem Haus raus, direkt auf die Straße, wo der Abend bereits auf ihn wartete. Ihm wurde schwindelig und sein Herz pochte unentwegt.

Diese Ungerechtigkeit, dachte er.

Minutenlang stand er da und stellte Fragen, die unbeantwortet blieben.

An der Haustür hing ein Topf aus Lehm. Es war das Zeichen für eine Trauerfeier – eine letzte Mahlzeit für Nima.

Er fand es widerlich, was alles im Topf vermischt wurde. *Zenba*, Blut, Fleisch, Fett, Käse, Milch und Butter. Aber das alles hatte nur symbolischen Wert.

Ein alter, magerer Köter kam von irgendwo angelaufen. Er roch das Fleisch und wollte den Tontopf umwerfen. Yeshi nahm einen Stock und schlug solange auf den Hund ein, bis dieser winselnd und jaulend davon humpelte und Yeshi wortlos auf die Erde sank und unter den glimmenden Zypressenzweigen leise weinte.

Die Nacht verbrachte Yeshi an Nimas Seite. Man platzierte ihre Leiche auf dem Boden. Yeshi setzte sich neben sie. Eine kleine Öllampe brannte. Sie beleuchtete Nima und ein paar Ecken des Raumes.

Er war allein mit ihr, trat an sie heran und betrachtete sie. Schöne und schrecklich monströse Gedanken gingen ihm gleichzeitig durch den Kopf. Aus jedem Winkel wirkte sie noch schöner, noch unnahbarer.

Draußen tanzte ein kräftiger Wind. Durch die Ritzen strömte Luft herein und ließ die Öllampe aufflackern. Für kurze Zeit war es so, als sehe er einen Schatten, einen anderen hielt er für eine lebende Gestalt. Beim Heulen des Windes hörte er jemanden flüstern. Er blickte ruckartig zu Nima, doch ihre Lippen waren geschlossen.

Er sagte leise in ihr Ohr: »Nicht ehe es Tag wird, will ich von dir gehen.«

Sein Herz pochte, als ob es sich aus der Brust vom Schmerz befreien wollte. Es klang, als wäre es in zwei Teile zerbrochen und nun suchte die eine Hälfte qualvoll nach der anderen.

Yeshi nahm Nimas Hand, doch sie war eiskalt. Er bewachte ihren endlosen Schlaf, doch irgendwann schloss er vor Müdigkeit die Augen und schlief ein.

Eine ganze Nacht verlief wie eine Ewigkeit.

Als Yeshi am nächsten Tag erwachte, war es fast schon Morgen.

»Einen Albtraum träumte ich«, sagte er, stand vom Boden auf und blickte in die verwunderten Gesichter. Erst jetzt wurde ihm bewusst, dass es kein Traum war.

Die frühe Gebetszeremonie wurde bereits abgehalten. Neben sich fand er Nima wieder, die Arme kreuzweise übereinandergelegt. Er konnte nicht anders, als seine Augen mit Wasser zu füllen.

»Wir müssen aufbrechen!«, hörte er einen Mann mit rauer Stimme rufen.

Es war so früh, dass gerade mal die ersten Lichtstrahlen der Sonne zu sehen waren, nicht aber die Sonne selbst.

Nimas Leiche wurde in eine Fötusstellung gekrümmt. Arme und Beine band man am Körper fest und der nackte Körper wurde mit einem weißen Wollstoff, dem *Pulu*, zugedeckt.

Dem jüngeren Bruder wurde Nima auf den Rücken gebunden. Er zitterte, als er die Leiche an seinem Körper spürte. Mit Seilen wurde ihr Körper fest an seinem befestigt und er kniff das Gesicht vor Angst und Ekel zusammen.

»Nein!«, schrie Yeshi völlig außer sich, »Ihr dürft sie nicht raustragen! Sie gehört mir! Was tut ihr nur? Lasst sie stehen! Ich kann es nicht ertragen!« Yeshi klammerte sich am Türrahmen fest und in seinem Wahn ließ er sein Herz sprechen. Er flehte und weinte, schrie und fluchte, schlug sich auf die Brust, dass man sie in Frieden lassen sollte, denn ansonsten sterbe er mit ihr.

Der jüngere Bruder, mit Nima auf dem Rücken, ging wortlos an ihm vorbei.

Yeshi fiel auf die Knie und weinte, doch es war Zeit aufzubrechen.

Während Nimas Schwestern zu Hause blieben, um sich um das kleine Kind zu kümmern, brachen die Männer auf. Darunter Nimas Vater, der jüngere Bruder, Yeshi, sowie ein Lama und der Zeremonienmeister.

Sie gingen eine ganze Weile durch das trockene Gebiet, dessen Farbe dieselbe war, wie die ihrer Kleidung: ockerbraun. Ockerbraun war auch ihr Leid, doch zeigten sie ihre Traurigkeit nicht, stattdessen vermischten sie ihre Gefühle mit dem steinigen Boden der Steppenlandschaft.

Sie wurden eins, wenn auch nur von Weitem aus betrachtet.

»Warte, ich lege sie ab, dann kannst du sie tragen«, sagte Nimas Bruder.

»Nein! Bist du verrückt geworden? Wenn du sie jetzt ablegst, muss ihre Seele fortan hier verweilen«, entgegnete streng der Zeremonienmeister.

Die letzen Kilometer trug der Zeremonienmeister die schöne Nima. Erst als er die höchste Stelle des Hügels erreicht hatte, legte er sie auf dem felsigen Untergrund ab. Die anderen blieben unten zurück und sahen zu.

Der Zeremonienmeister entfernte den *Pulu*, so dass Nimas Leiche nackt vor ihm lag. Ihre Haut wurde allmählich blass und bläulich.

Er zündete ein Feuer an und legte Gerste und *Tsampa* in eine große Eisenschüssel und vermischte diese mit Sand. Er zündete Zypressenzweige an, um den Mönchsgeiern ein Zeichen zu geben, dass hier eine Aufgabe zu erledigen war, dass es bald etwas zu fressen für sie geben würde. Und tatsächlich, vom anderen Hügel flogen weiße Mönchsgeier heran.

Zuerst räucherte er den Leichnam, um ihn zu reinigen. Er öffnete den Rücken mit einem tiefen Schnitt. Den Bauch zerschnitt er ebenfalls und nahm aus ihm die Eingeweide heraus.

Es war ein abstoßendes Szenario, aber auch ein Ritual, welches schon die Vorväter zelebrierten. Mit einem Schlag spaltete er den Schädel. Das Knochengerippe wurde zerbrochen und er entfernte alles Fleisch von den Knochen und zerschlug diese mit einem handgroßen Stein. Danach vermischte er alles mit Gerstenmehl, das er aus einem Säckchen nahm, welches um seine Hüften herumgebunden war. Als der Weichrauch aufstieg, flogen auch die restlichen Geier ein und er formte kleine Kügelchen aus der vermischten Menge und warf diese den Geiern zum Fraß vor.

Yeshi, der dieses Schauspiel nicht mit ansehen konnte, stürzte den Hügel hinauf. Er hob größere Steine vom Boden und warf sie auf die Geier. Diese schwenkten ihre Flügel und flogen zur Seite. Yeshi blickte nun von Nahem auf den zerstückelten Körper, der aufgerissen wurde und dessen Schädel so grausig entstellt aussah.

Er erbrach sich innerlich. Sein Körper fing an zu zucken und sein Gesicht verformte sich zu einer elenden Grimasse, die innerlich weinte und äußerlich keiner Träne die Flucht nach außen schenkte. Er schaute rüber zu den Geiern, die still warteten und ihn demütig betrachteten. Man könnte meinen, diese Geier hätten Gefühl und Anstand in jenem Moment gezeigt, als sie einfach so verblieben, ohne jeglichen Aufschrei.

Den Stein in seiner Hand ließ er fallen. Rannte den Hügel hinunter, setzte sich in die Hocke, und hielt sich beide Hände vors Gesicht.

Die Geier fraßen die Eingeweide, dann die Knochen, welche unter ihren Zähnen knirschten. Am Schluss verschlangen sie das Fleisch. Weil sie fast alles auffraßen, galt das als gutes Zeichen. Der Rest, der übrig geblieben war, wurde verbrannt und in alle Himmelsrichtungen verstreut. Nur das sah Yeshi noch mit an.

Der Lama, in seinem langen roten Gewand, stieg auf den Hügel und hielt eine Gebetszeremonie ab. Danach wollten alle aufbrechen, um in der Lehmhütte etwas zu sich zu nehmen und Buttertee zu trinken. Alle, bis auf einen.

Yeshi hielt den Lama an. Müde von den Tränen, sagte er: »Ich dachte, ich wäre stark. Verstehen Sie, Lama? Jemand, der sich um seine Familie kümmern kann und alles unter Kontrolle hat, aber jetzt ist mir das Liebste, was ich je besaß, weggenommen worden und ich kann nichts daran ändern, denn ihre Seele ist mir entglitten.«

»Ich verstehe deinen Kummer«, sagte der Lama, »aber dieser Schmerz wird schwinden, wenn du deinen Geist öffnest und begreifen lernst, dass der Mensch vom Tage seiner Geburt an, an den Prozess des Todes gebunden ist, und jeden Tag dem Tode näherkommt.

Mediziner aus den Städten sagen, man ist tot, wenn die Körperfunktionen versagen, aber wichtiger ist es zu begreifen, dass es so etwas wie Augenblicke des Lebens, die man unter Kontrolle haben will, nicht gibt. Der Mensch kommt allein zur Welt, einiges lernt er lieben und vielleicht ist das auch schon zu viel.« Und dann fügte er hinzu: »Es ist nicht des Menschen Aufgabe, die Zeit in Ewigkeit zu zählen. Es ist unsere Bestimmung, dass wir geboren werden und dann sterben. Der Körper stirbt, aber diese feinstoffliche Substanz kehrt unsterblich zu ihrem Erschaffer zurück. Nur stirbt manch einer früher und manch anderer später.«

Yeshi fragte nicht laut, er fragte unter Tränen mit stummer Benommenheit, aber der Lama senkte seinen Kopf und schwieg fortan. Und Yeshi war es leid sein Innerstes preiszugeben.

Er redete, aber nichts wurde besser. Im Gegenteil: Je mehr er sagte, desto stummer wurde sein Zuhörer.

Wortlos sank Yeshi auf die Knie nieder. Ein starker Wind fegte über die Hügel. Die Wolken trieben mit dem Wind und wo sie zerrissen, kam flüchtig die Sonne hervor. Yeshi hörte eine Frauenstimme, sie war schwach und tuschelte mit dem Pfeifen des Windes.

»Abends wenn du langsam dem Schlaf verfällst, habe keine Angst vor der dunklen Glut der Nacht. Ich werde über dich wachen, wie der hellste Stern am Horizont. Und denke nicht, dass du allein bist, denn ich bin in deinem Körper, wie dein Atem, stehe hinter dir, wie dein eigener Schatten, bin in deiner Seele, wo auch dein Geist ruht.«

Es wurde langsam unerträglich. Die Bilder glücklicher Zeiten steigerten sich zu einer bizarren Lust.

Die Geier stiegen zum Himmel auf. Ihr Geschrei prallte an den Felsen ab und entfachte ein Echo. Noch immer stand Yeshi da, wo er erstarrt war. Nur ein paar Schritte von jenem Fleck, wo eben noch Geier das Fleisch auffraßen.

Er sah nach oben. Unbeirrt trieb der Wind seine

Wolken weiter, bis am Himmel wolkenloses Blau zu sehen war. Der Wind verjagte die weißen Wanderer, wie ein Hirte seine Schafe immer weiter forttreibt.

Die brennende Sonne stand im Zenit. Jemand prophezeite einmal, dass die Sonne in sich zerfallen würde, nachdem sie die Erde mit ihren Stürmen heimgesucht hat, aber das würde nicht heute passieren. Nichts passiert heute. Alles passiert auf einmal.

Er drehte sich um und ging immer weiter weg von jenem Hügel. Dorthin, wo er keinen Menschen sah.

Am Fluss Yarlung Tsangpo machte er Halt. Er kniete nieder, tauchte seinen Kopf ins eisige Wasser und zog es tief durch die Nase ein. Er tauchte wieder auf und hustete. Das Wasser lief ihm aus den Haaren, über den Nacken, in die Kleidung. Er fing an, am ganzen Körper zu zittern. Die Kälte des Flusses erfasste ihn. Aber er fand Frieden, als ob der Tod ihn in die Arme schließen würde.

Langsam stand er auf und sah über die Schulter. Hinter ihm war niemand und niemand war ihm gefolgt. Nun war er also allein.

Dann könnte ich auch gleich sterben.

Dieser Gedanke erfüllte ihn mit Zuversicht.

Er ging vorsichtig ins Wasser. Die Kälte zerrte an seinen Beinen und die Kleider wurden schwerer, als ob ihm Fesseln angelegt würden.

Ihm war, als stünde der Tod direkt hinter ihm und diesem Tod, der auch seine geliebte Nima mitnahm, diesem Tod wollte auch Yeshi begegnen.

Bis der halbe Oberkörper bedeckt war, vergingen Minuten. Yeshi ging sehr langsam ins Wasser und ließ sich von der Kälte umhüllen. Dann blieb er stehen.

Die Bäume am gegenüberliegenden Ufer schienen in Aufruhr, schwenkten aufgebracht ihre Zweige hin und her. Die im Wind tanzenden Blätter riefen ihm zu, doch er verstand ihre Rufe nicht.

Fast schon wie benommen, tauchte er seinen Körper weiter ins Wasser. Er lag auf dem Rücken. Die kleinen Wellen des Flusses wiegten ihn sachte hin und her, saugten sich in die Leinentücher seiner Kleidung. Wie tausende kleine Hände umfassten sie ihn und versuchten ihn langsam in die Tiefe zu ziehen.

Sein Gesicht befand sich noch an der Oberfläche, seine Ohren aber lauschten bereits dem Herzschlag des Flusses.

Es wurde still, dann tauchte er seinen Kopf ganz unter. Das Rascheln der Blätter beruhigte sich, bis zum nächsten Windstoß. Unter Wasser hörte Yeshi nur sein Herz schlagen, dieses Pochen dröhnte ihm laut in den Ohren. Ein weiteres Herz schlug ebenso wie seins: Das Herz seiner Tochter …

Wie eine gewaltige Flutwelle fühlte er das Leben über sich kommen. Sie riss alles mit, was er liebte und zum Leben benötigte und ließ ein Kind zurück.

Er entfernte sich vom Tod und schritt langsam, mit schweren Kleidern, aus dem Wasser.

Die nasse Kleidung versuchte, ihn am Gehen zu hindern, doch er entkam den kleinen Wellen des Flusses.

Er rannte. Yeshi lief so schnell er nur konnte davon. Vom Tod, von der Trauer, den Erinnerungen an Nima und vor sich selbst.

BEYROUTH

BEIRUT, LIBANON

Die letzte Begegnung

Jetzt war sie wieder in einem Bild gefangen, aus dem, vor ihr, Personen ausgecheckt hatten, und sie saß in ihrem Hotelzimmer und wartete.

Sie dachte darüber nach, sich für einen kurzen Moment hinzulegen, aber sie konnte nur schlecht in fremden Betten schlafen, und wenn doch, dann musste jemand neben ihr liegen und sie hatte diese Angewohnheit, denjenigen zu umarmen und ihm zu sagen, dass sie ihn liebe, obwohl sie manchmal auch log, aber diese lügenhaften Liebesbekundungen ließen sie wenigstens einschlafen.

Sie fühlte sich zu benommen, um weiterzumachen. Dort, wo sie Jahre zuvor aufgehört hatte, um nun neu zu beginnen. *War es ein Neuanfang oder eine Rückkehr zum Alleinsein?*

Damals flog sie hin und her, jagte einem Traum nach und verbrachte ihre Tage in leeren, dunklen Hotelzimmern, aber sie war glücklich.

Das Klopfen an der Tür riss sie aus ihrem Tagtraum. Sie öffnete die Tür, doch zu ihrer Überraschung war da niemand. Erbittert griff ihre Hand nach der Klinke, um die Tür wieder zu schließen, als ein Fuß in der Schwelle stand. Da war *er*.

Sie umarmte ihn und zog ihn küssend herein in ihr erdachtes Bild.

»Warum hat es so lange gedauert? Ich musste den ganzen Morgen allein verbringen«, fragte Dolphine.

»Ich habe deine Mitteilung bekommen. Ich fand sie amüsant und sie hat mich aufgehalten.«

»Welche? Etwa die, dass wir zu unserer Wiedersehensfeier meine Freunde Jack und Daniels einladen sollten?«

»Genau die! Ich bin in den Laden rein und habe gleich eine Flasche gekauft. Fünfundzwanzig Dollar, aber ich konnte nicht anders.«

»Aber das war doch nur ein Scherz«, sagte sie lachend.

»Wohl oder übel musst du nun mit mir trinken«, befahl er und küsste sie links und rechts auf die Wange. »Ich habe schon ganz vergessen, wie deine Küsse schmecken. Ich vergöttere dich, aber nur die Dolphine, in die ich mich damals verliebt habe. Wenn sie sich verändert hat, dann hasse ich sie!«, meinte er ernst.

Sie saßen auf dem grünen Divan. Alle Fenster waren durch Jalousien verdunkelt.

»An was arbeitest du gerade?«, fragte er, um das Eis zu brechen. Dabei goss er den Whiskey in breite, ungeschliffene Gläser und mischte dazu Wasser aus einer Flasche, um den Alkohol zu verdünnen und den eigentlichen Geschmack des Whiskeys, sowie die Fülle an Aromen, freizugeben.

»Um ehrlich zu sein … an meinem ersten Roman. Ich empfinde die Arbeit als sehr aufrichtig. Aufrichtiger als alles, was ich bisher geschrieben habe.«

»Ich habe alle Geschichten und Artikel gelesen, die du mir zugeschickt hast. Ich denke, du verarbeitest die Wahrheit sehr gewagt«, sagte er und reichte ihr den Whiskey rüber.

Sie nippte an ihrem Glas und fragte: »Wieso sind in meinem Glas keine Eiswürfel?«

»Würde ich Eiswürfel reinwerfen, so würde der Whiskey viel zu kalt werden. Weißt du, wichtige Geschmacksnuancen gehen dann verloren. Richtig getrunken, darf der Whiskey nur ein wenig kälter als die Zimmertemperatur sein. Aber erzähl doch bitte weiter«, sagte der Mann mit Augen, die lichtlos in ihre Seele leuchteten.

»Ich will jetzt was Neues machen! Erst waren es kurze Notizen, Wortfetzen, Zitate und nun dieser Krieg … diese Gefühle muss man in Worten einfangen.«

Sie teilten in jenem Moment denselben Gedanken über einen Ort, der so wenig von ihnen wusste, aber sie so vieles über ihn.

»Innerhalb von zehn Jahren hat sich Libanon verändert. Es war einmal wie der Garten Eden und jetzt liegt der Garten unter Staub und Stein. Die Menschen sind angespornt, etwas zu bewegen. Wir haben einen Präsidenten ohne Regierung! Wir haben keine gültige Verfassung! Unschuldige Zivilisten sterben! Das Beyrouth meiner Erinnerung gibt es nicht mehr!«, sagte er und strich sich nervös über den kurzen Bart.

Dieser Mann war durch und durch Libanese. Kein Patriot, einfach nur jemand, der das Land liebte, in dem sein Herz angefangen hatte zu schlagen.

Sie streifte kurz seinen Blick und schaute dann durch den Spalt der Jalousie, um ihm nicht sagen zu müssen, dass sie wegen der Arbeit aus Paris wegziehen wollte. Zurück nach New York.

Dolphine schaute zu Fuad rüber und sagte: »Tu penses à quoi? Pourquoi tu ne dis rien? Erzähl mir, was du da siehst, bitte, ich will deine Ansichten auch verstehen können und notieren.«

Sie wusste, wie traurig seine Gefühle waren und wie real.

»Meine Meinung spielt für Europa keine Rolle. Deswegen schreib, wie Europa denkt«, sagte er mit wütender Verachtung in der Stimme.

»Wie kannst du so was nur sagen? Wieso bist du so wütend auf Europa? Warst du mal in Europa? Weißt du, was die Leute dort brauchen? Deine Worte und deine Ansichten vom Leben sind in jeder meiner Geschichten und hinter jedem Gesicht eines Helden verbirgt sich dein Gesicht mit deinem Charakter und deiner Meinung. Und stell dir vor, das wird publiziert und die Leute lesen es!«

»So, wie du sprichst, müsste ich mir Europa doch mal ansehen. Ich würde gerne mit dir kommen. Bis zum Morgengrauen mit dir reden, bis deine Stimme ganz heiser wird, so wie damals, weißt du noch? J'adore!«

Er ging an den Tisch und nahm sein Feuerzeug, um sich eine Zigarette anzuzünden. »Dich umarmen und mit dir schlafen. Ich will deinen Körper küssen. Ich will alles machen, alles, was mit dir zusammenhängt«, sagte er zu ihr gewandt.

Sie sah ihn lange an, bevor sie ihm eine Antwort geben konnte.

»Ich erinnere mich an alles, was uns betrifft. Ich will dich an meiner Seite haben. Weißt du, ich habe so etwas im Gefühl, dass wir immer zusammen sind, egal wie weit voneinander entfernt.«

Sie ging ein paar Schritte auf ihn zu.

Er nickte, denn er konnte ihr nicht ins Gesicht sagen, was er wirklich empfand.

»Werden wir irgendwann zusammen sein?«, fragte sie ihn naiv und berührte seine Brust.

»Zusammen … ich weiß es nicht genau, aber wir werden uns ganz nah sein«, sagte er und stand so dicht bei ihr, dass er ihren Atem spürte.

»Ich würde mit dir sogar zusammen sein wollen, wenn du auf der einen Seite der Welt wärst und ich auf der anderen«, flüsterte sie und bemerkte Misstrauen in seinen Augen. »Schau, hier gehen unsere Ansichten auseinander. Ich denke, alles ist möglich auf dieser Welt, man muss nur etwas riskieren und sich das nehmen, was man denkt, es gehöre einem bereits. Herzen brechen und jemandes Träume platzen lassen und alles wird dir gehören … aber du … Weshalb willst du mich nicht so, wie ich dich?«

»Du weißt doch, das ist meine allerschwierigste Frage.«

»Bitte versuche eine Antwort zu finden!«

»Dolphine, ich bitte dich, mach weiter und du wirst alles haben und alles wird sein, wie du es möchtest. Das Wichtigste ist: Sei dir sicher, dass ich dich liebe.«

»Fuad, ich werde alles erreichen und auch alles haben, aber sag mir, weshalb ich dich nicht haben kann? Keine Angst, du wirst mich nicht verletzten, keiner schafft das.«

Sie setzten sich langsam nebeneinander auf den grünen Divan.

»Eigentlich könnte ich dich verletzen, bloß will ich das nicht. Ich habe doch bereits zehntausend Mal den Grund genannt! Wir sind keine Tiere, die sich benehmen können, so wie sie wollen. Zum Beispiel: Du liebst mich – ich liebe dich nicht. Aber wir haben geheiratet und wir haben bereits Kinder, dann eines Tages verliebe ich mich und sage zu dir: Verzeih mir, aber ich liebe dich nicht … ich habe mich für eine andere entschieden. Bitte stell dir diese Situation vor und jetzt sag mir: Was fühlst du?«

Sie schwieg dazu. Eigentlich hatte sie bereits begriffen, dass er sie nicht heiraten würde, aber sie versuchte es weiter. Waren ihre Argumente noch so stark in ihrem öffentlichen Leben, diesen Mann konnte sie nicht überzeugen.

»Können wir nicht ein Ganzes sein auf größtem Abstand? Um einfach nur zu wissen, dass du meine Familie bist?«

Er nahm den letzten Zug seiner Zigarette und blies den Rauch hinter sich.

»Wir könnten vor Allah heiraten, aber dafür müsstest du zum Islam konvertieren und das ist eine sehr ernste Angelegenheit und ein sehr verantwortungsvoller Schritt. Ich sage dir, es wird einem so viel abverlangt. Du darfst sogar keinen anderen Mann angucken und niemand darf dich berühren. Sogar an einen anderen Mann zu denken, wäre Sünde.

So wie ich mich jetzt um meine Familie kümmere, moralisch und physisch, so müsste ich mich dann um dich kümmern. Solche Sachen beunruhigen mich.«

Er behielt seine weiteren Zweifel für sich.

»Und könntest du diesen Schwur verantworten? Du willst ihn gar nicht, weil du mir nicht vertraust, richtig?«

»Sowieso trägt jeder selbst Verantwortung für seine Taten. Ich könnte es, weil es Männern erlaubt ist, vier Frauen zu haben.« Dann schwieg Fuad und seine dunklen Augen wurden zornig. »Tu portes la dette! Du hast mein Vertrauen missbraucht, als du diese Bindung mit Oz eingingst.«

»Achso, du darfst vier Frauen haben und mir wirfst du eine Affäre vor! Ob du es glaubst oder nicht, ich bin Gott dankbar, dass er Oz in mein Leben geschickt hat. Durch ihn habe ich Vertrauen zu mir selbst bekommen.«

»Gab er dir im Bett Vertrauen? Eine Frau fängt erst an einem Mann zu vertrauen, nachdem sie mit ihm geschlafen hat!«

»Denkst du, ein Mann kann mir durch Sex Vertrauen vermitteln? Ich vertraue niemandem! Du musst verstehen … une pute n'a pas confiance en les hommes par le sexe. Elle sait son prix trop bon. Elle produit des illusions!«, sagte sie mit erhabenem Stolz und wütenden Tränen.

»Woher soll ich wissen, ob sie nicht auch in mir Illusionen entstehen ließ oder mich aus reinem Herzen liebt?«

»Mit dir gibt es keine Illusionen. Wozu dir das Herz brechen, wenn du der Sinn meines Lebens bist?«

Nach kurzem Überlegen sagte er: »Ich liebe dich. Benimm dich so, als ob du bereits zu meiner Familie gehören würdest, dann werde ich dich vor Allah heiraten. Ich habe dir bereits gesagt, dass nur der Tod uns trennen kann.«

Als er sie küssen wollte, wich sie zurück. Sie war wie erstarrt und innerlich brach sie krampfhaft zusammen.

Fuad versuchte ihr klarzumachen, dass er hier war, bei ihr, dass sie ihm wichtig war, dass er sie liebte und als sie sich umarmten, spürte Dolphine ihren Herzschlag immer rasender auf seiner Brust, nur sein Herz konnte sie nicht hören.

Sie betete, er würde ihr Herz nicht spüren, das so aufgeregt schlug, und hoffte unbemerkt zu bleiben, ohne wieder verletzt zu werden.

»Du musst bloß verstehen … je ne me veux pas disputer avec toi à cause du pain«, sagte er und drückte sie näher an sich.

Eigentlich wünschte sie sich einfach nur, dass er sie bitten würde, hier zu bleiben. Sie wünschte sich das so sehr, jedes Mal, wenn Sie in Beirut war. Deshalb auch immer dieses Übergepäck.

Stille überflutete das Zimmer. Ihr Tagtraum wurde von der Realität eingeholt. Im Raum stand ein großgewachsener junger Mann – Fuads jüngerer Bruder. Sein Blick versuchte, dem ihren auszuweichen.

»Die Verabschiedung des Leichnams findet bald statt, ich wollte dich abholen. Bist du fertig?«

»Ja, ich bin jetzt bereit. Ich habe mich nach dem Flug etwas hingelegt und an Fuad gedacht.«

Der Köper des jungen Mannes nahm eine abwertende Haltung ein. Die Schultern hingen nun tiefer.

»Versuch, dich während der Beerdigung an mich zu halten, so denken alle, du gehörst zu mir. Weine nicht so laut, es würde die Witwe verstören. Fuad starb für unser Land und unsere Freiheit!«

Während er das sagte, brach seine Stimme unter dem ganzen Kummer zusammen, genau in dem Moment, in dem er sich etwas weismachen wollte, als er sich selber zu belügen versuchte, dass sein Bruder für eine Sache des Friedens gestorben sei. Aber dabei versehentlich von einer Bombe getroffen wurde.

Dolphine strich ihm vorsichtig über den Rücken.

»Sag, Modi, bist du bereit, hinzugehen?«

»Nein, nein, Schwester!«, schrie er mit einem gefangenen Blick der Wut.

Dolphine umarmte ihn und die Tränen liefen ihm übers ganze Gesicht. Er hielt an ihr fest, wie an einem Felsen.

»Bitte weine mit mir«, bat er sie, »weine bis zum Schluss, damit sein Geist Frieden findet.«

ASPHALTBLUME

CHICAGO, USA
Eine schlaflose Nacht - 1983

Er öffnete die Augen. Das dunkle Gesicht ruhte auf einem Kissen. Seine Pupillen sahen aus wie zwei Halbmonde. Erneut schloss er seine Augen, dann öffnete er sie abrupt und nach ein paar Sekunden begann der Raum, sich allmählich mit Gegenständen zu füllen.

Er erkannte leblos gewordene Pflanzen und Bilder an den Wänden, deren Personen auf ihn blickten wie auf einen Sträfling, ihn zu beobachten schienen und ihre Augen einfach nicht von ihm abwenden wollten.

Zwischen gestern und morgen liegt die Nacht.

Dem Schlaf beraubt, drehte Gabriel sich um und blickte eine weiße Wand an, die ihm drohte zuzuschlagen, wenn er jetzt nicht endlich einschlafen würde. Der Traum käme auch in dieser Nacht, dass wusste er, und er würde schweißgebadet aufwachen, sich nach rechts drehen, aber Mike würde nicht da sein und er könnte nicht in seinen Armen Zuflucht finden.

Dieser Albtraum von einer Bombe, die plötzlich

explodiert, verwirrte ihn.

Er knipste die Nachttischlampe an und sah besorgt auf seine Armbanduhr. In Beirut war es fast Morgen.

Nicht die Zeit trennt einen, sondern die Entfernung der beiden Uhrzeiger.

Mike war der US-Army gegenüber verpflichtet. Er ging weg, aber er verließ nicht Gabriel.

Gabriel legte sich noch einmal hin und erinnerte sich, wie sie manchmal von Detroit nach Bay City und dann an den Huronsee fuhren. Dort mieteten sie sich ein Haus in einem verlassenen Örtchen und die Einsamkeit tat ihrer Zweisamkeit gut. Sie fuhren nie weiter als bis nach Kanada, aber ihre Liebe war grenzenlos. Und zu wissen, dass Mike weiter fuhr als nach Kanada, machte Gabriel Angst.

Er griff zum Telefon und wählte.

»Mom. Hi, ich bin es.«

»Gabriel, mein Gott, weshalb rufst du denn um diese Zeit noch an? Ist etwas passiert?«, fragte ihn seine Mutter beunruhigt.

»Nein, alles ist gut. Ich kann nur nicht schlafen. *Insomnia* ist wieder da. Habe ich dich geweckt?«

In seiner traurigen Stimme lag die ganze Wahrheit, die der Mund nicht aussprechen wollte.

»Du hast mich nicht geweckt, ich konnte auch nicht schlafen. Wahrscheinlich liegt es am Vollmond«, antwortete seine Mutter.

»Ich habe bereits die Jalousien im Schlafzimmer verdunkelt, der Mond scheint jetzt kaum mehr rein. Ich versuche zu schlafen und dann denke ich an Mike. Er geht mir nicht aus dem Kopf.«

»Daaarling, er ist im Krieg. Das ist verständlich, dass du dir Sorgen machst, aber da ist noch eine Ehefrau, die sich die gleichen Sorgen macht. Der Mann ist nicht frei. Er verdient es nicht, dass du die Nächte wachliegst und an ihn denkst, solange er sich nicht sicher ist, zu wem er nun steht!«

»Mom, ich liebe ihn und ich habe so ein Gefühl, ihm nie wieder nah sein zu können.«

»Beende die Beziehung, ach, was sage ich: die Affäre! Er hat eine Ehefrau und Kinder! Du hintergehst die Frau! Wie würdest du dich fühlen, wenn an deinen Mann jemand anders dächte und nachts nicht schlafen könnte?«

»Ich weiß nicht, vielleicht hast du recht. Aber so sehr geliebt habe ich noch nie«, sagte Gabriel und seine Stimme wurde immer leiser.

»Und sie liebt ihn auch!«, sagte seine Mutter mit

fester Stimme und fast schon wütend.

»Ich werde versuchen zu schlafen«, gehorchte Gabriel. Er ahnte, dass seine Mutter ihn nicht verstehen würde.

»Nimm eine Schlaftablette, danach wirst du dich sicher entspannen können. Dann schläfst du ruhig. Falls was sein sollte, du weißt, du kannst mich jederzeit anrufen. Zu jeder Uhrzeit. Ruf an! Aber vergiss nicht, Gabriel, er hat bereits eine Familie. Bitte zerstör sie nicht.«

»Aber er sagte mir, er hat sie verlassen ...«, fing er von neuem an, ohne den Satz beenden zu können, denn er wusste selbst nicht mehr, was er glauben sollte.

»Ach Junge, Männer sagen viel. Redete er nicht bereits vier Jahre davon, dass er sie verlassen will?«

Nach langem Schweigen sagte er: »Danke, Mom, ich liebe dich!«

»Ich liebe dich auch, Junge.«

»Aber Mike liebe ich auch«, sagte er in den stummen Hörer hinein.

An manchen Tagen war er so beschäftigt mit seiner Arbeit, dem Zeichnen von Skizzen oder der Durcharbeitung von Konzepten, dass er sich gut ablenken konnte, aber heute Nacht vermisste er Mike und wenn er irgendeine Telefonnummer in Beirut hätte, er hätte ihn angerufen. Aber Mike hatte keine hinterlassen. Gabriel blieb nichts anderes übrig, als Mikes Stimme auf dem Anrufbeantworter abzuhören.

Lichtschalter gingen an und aus, als er durch die Flure seines Apartments ging. Durch das große Fenster blickte der Mond und beobachtete Gabriels Sehnsucht.

Er war müde, konnte nicht einschlafen, wartete auf irgendetwas. Es schien, als wären seine Gedanken mit dieser Wohnung verankert. Ihn zog es zwar weit weg, aber er konnte nirgends hingehen. Sich abzulenken war eine Herausforderung.

Er blickte zu den Sternen. Es war eine warme Nacht im Frühling und er ließ die Balkontür offen. Schaute einen alten Film mit Elvis Presley an, blickte ununterbrochen auf die Uhr und wartete auf Mike.

Wenn der Film zu Ende ist, wird er nach Hause kommen, dachte Gabriel. Aber Mike kam nicht. Er war irgendwo weit weg, keine Ahnung wo.

Gabriel schloss die Augen und versuchte einzuschlafen. Kerzen brannten schwach. Vögel zwitscherten in der Dunkelheit. Er hielt seine innere Unruhe unter Kontrolle, aber so ungeduldig wie Gabriel war, schaffte der Schlaf nicht, ihn mitzunehmen.

Mike ließ ihm mit seinem Weggehen genug Zeit, über seine Fehler nachzudenken. Er war der Einzige, der das konnte: ihn über seine Taten nachdenken zu lassen. Seine unkontrollierbare Wut und rasende Eifersucht.

Plötzlich spürte er kalte Hände an seinem Bauch. Er drehte sich um und umarmte Mike. Dieser lächelte und küsste ihn sanft auf den Nacken. Auch Gabriel wollte ihn küssen, aber sein Kopf fiel einfach nur auf das Kissen. Er wachte auf. Es war immer noch niemand da.

Bestürzt setzt er sich auf, es war doch so real. Er war Mike so nah gewesen, roch dessen Parfüm, doch dieser Geruch verflog alsbald.

Deprimiert machte er die Balkontür zu. Seine Augen sträubten sich von Fenster zu Fenster der Nachbarn.

Wo lag das Glück? Waren andere Menschen glücklicher? Welcher Kummer plagte sie, wenn sie aus dem Fenster schauten?

Als jemand aus der gegenüberliegenden Wohnung ihn bemerkte, zog Gabriel schnell den Vorhang zu und stand mit seinen unbeantworteten Fragen wieder alleine da.

Er atmete leise, versuchte, den Atem anzuhalten. Zu ersticken. Dann aber holte er tief Luft.

Ein Auto hielt an. Die Türen öffneten sich. Zwei Männer stiegen aus.

Gabriels Gedanke war falsch. Die Männer klingelten nicht bei ihm, sondern bei jemandem auf der anderen Straßenseite. Er bekreuzigte sich mehrmals. Er dachte, so würde alles Schlechte von ihm weggehen.

Ein Kreuz ist wie eine starke imaginäre Verbindung von Gegensätzen. Zwei Minuszeichen vereint zu einem Plus, das die Lebensenergie raubt.

Trotzdem wusste er innerlich, dass er nun in einer Schlange stand, er würde auch drankommen.

Er holte Spielkarten heraus. Damit versuchte er, sich abzulenken. Gabriel baute ein Kartenhaus. Nahm zwei Karten vom Stapel und bildete mehrmals eine A-förmige Struktur als Fundament. Die zweite Schicht begann. Die Wände aus schwarzen Kreuzen, das Dach aus roten Herzen. Buben und Damen waren Türen und Fenster, Asse die Spiegel und die Könige die Wächter. Alle Karten wurden sinnvoll arrangiert, wie ein künstliches Blumenbouquet.

Dieses Gefühl der Ohnmacht lähmte den Architekten. Das Kartenhaus zerfiel und seine Hoffnung prallte mit ihnen auf den Esstisch. Herz Bube und Pik Bube nahe beieinander.

Vor seinem Schicksal kann man nicht flüchten, genauso wenig, wie vor der großen Liebe.

Vielleicht war diese schlaflose Nacht nur ein Traum und Gabriel hielt seine Augen einfach nur offen. Aber in Wahrheit hielt er seine Augen geschlossen in den Händen.

Die Sonne projizierte Muster und malte goldene Streifen an die Wände. Gabriel öffnete die Jalousien im Schlafzimmer und zog die Vorhänge von den Fenstern weg. Draußen herrschte bereits reges Leben, Straßenlärm verschlang den Gesang der Vögel.

Heute war er der Beobachter. Er sah eine kleine Pflanze draußen auf dem Asphalt wachsen, in ihr steckte so viel Kraft. Sie versuchte, zwischen den Pflastersteinen herauszukommen, um zu leben.

Er erkannte, dass, genau wie der Mensch, auch diese Blumen nach Licht strebten.

Gabriel trank einen Schluck Wasser und während er das Glas abstellten wollte, klingelte es an der Tür. Das Glas zersprang auf dem Boden.

Manchmal wollen wir etwas so sehr, dass wir ununterbrochen nur an den einen Wunsch denken, und wenn uns für einen kleinen Augenblick andere Gedanken forttreiben und ablenken, dann geht dieser Wunsch ganz unerwartet in Erfüllung.

Vor der Abreise hatten sie gestritten, eigentlich hat Gabriel den Streit angefangen, weil er nicht wollte, dass Mike wegging. In jedem Streit geht es darum, die Worte herauszuhören, welche herausgeschrien wurden, um zu begreifen, was der andere auf der Seele hat.

Aber Mike hat nicht auf Gabriel gehört und seine notorische Unpünktlichkeit war Schuld an allem, was danach geschah.

Während er zur Tür ging, dachte Gabriel nach. Er wartete auf Mike, der eigentlich aus dem Libanon zurückkehren sollte.

Er war nicht zum Flughafen gefahren, sondern hatte sich entschieden, in der Wohnung auf ihn zu warten. Hatte er nicht in Wirklichkeit auf eine Nachricht gewartet und die Nacht genutzt, um sich auf den Schmerz vorzubereiten?

Der etwas junge Sergeant in Uniform wandte seinen Blick zu dem anderen Messenger und schaute dann noch mal, ob die Adresse richtig war. Der Adamsapfel an seinem dünnen Hals stieß auf und ab, als er schluckte.

Das Gesicht eines Menschen verrät so viel und dennoch sehen wir nur das, was vor uns ist ...

Gabriel saß stundenlang auf einem harten Stuhl zwischen zwei anderen Stühlen und in den Händen hielt er ein vollgeschriebenes Blatt Papier. Ein Brief von Mike, der nie abgeschickt worden war. Er schüttelte ungläubig den Kopf.

Die Zeit floh, die Gedanken an Mike mitnehmend. Aus den steinharten Ritzen im Asphalt sprossen kleine Blüten hervor. Aus dem leblosen Boden kam erneut unerwartete Schönheit. Diesen Widerstand überwunden, wuchsen die Blumen so schnell in die Höhe, dass vorbei rennende Kinder sie ausversehen ausrissen, und diese beim Rennen Ihnen aus den Händen flogen.

ISTIGHFAR

Beirut, Libanon

Eine Vorhersehung

Da sie einen Schlüssel zur Wohnung besaß, klopfte sie nie an. Sie setzte sich an den Tisch und schaute bekümmert auf das eingerahmte Foto einer Fremden.

Mit ihren langen Fingern, die Ringe aus Gold trugen, und jeder Menge Brasseletts an ihren Armen, streichelte sie sich über den Nacken und massierte mit einer Hand ihren verspannten Rücken.

»Marhaba Abu!«, sagte sie, als ihr Vater aus dem Arbeitszimmer kam.

»Marhaba Aaminah«, sagte er, erstaunt auf sie zugehend.

Sie gaben sich Küsse auf die Wangen und sahen sich mehrere Minuten still an. Auf ihren Augen lag Lidschatten und etwas Übermut.

»Ist das die Frau, für die du den Grabstein anfertigen sollst?«

Der Steinmetz drehte sich um und ging mit schweren, langsamen Schritten auf das Bild zu, nahm das Foto an sich und schaute die Frau wehmütig an, so als ob er sie persönlich gekannt hätte. Er war körperlich sowie geistig präsent und doch wieder entkommen in seine Welt. Seine Welt war eine ganz eigene, unnahbare, faszinierende Blase voller Erinnerungen. Eine harmonische Substanz, aufgebaut aus Träumen und Wünschen. Aber er war mittlerweile zu alt, um zu träumen.

»Das ist Madame Badia. Sie war fünfundsechzig Jahre alt, als sie starb. Sie konnte sieben Tage und Nächte kein Auge zumachen. Schlief nicht. Verstehst du? Sie hat nicht geschlafen!«, sagte er immer lauter werdend. »Dann hat ihr ein Arzt eine Tablette gegeben und sie ist eingeschlafen« Er stockte kurz und fügte eine Art Selbsterkenntnis hinzu: »Für immer!«

»Für immer? Aber wie? Du meinst, sie ist an einer Tablette gestorben?«

»Gestorben oder vergiftet worden. Wer weiß das schon so genau. Den Ärzten kann man ja nichts nachweisen. Engel mit weißen Kitteln und ohne Flügel. Scharlatane!«

Aaminah verstand nicht, weshalb ihr Vater sich so aufregte. Er war doch an den Tod gewöhnt.

»Ihr Sohn sagte, es war wohl ein Tumor. Naja,

davor waren sie wohl bei einem anderen Arzt und der hat ihr andere Pillen verabreicht.«

Er hielt das Bild nach wie vor fest in seinen Händen.

Aaminah ging in die Küche und setzte eine Kanne *Shai* auf – einen Blütentee, den sonst immer ihre Mutter zubereitete. An diesem Tag stand keine fertige Kanne da.

»Er ist zu mir gekommen, um nach dem Grabstein zusehen … der Sohn von Madame Badia. Er war ganz durcheinander. Der junge Mann sah aus, als hätte er ununterbrochen geweint. Seine Wangen waren nass von den Tränen. Er hatte ihre Weste dabei und roch ununterbrochen an ihr. Es war seltsam, einen so starken Mann so verwundbar zu sehen. Weißt du, von einem Mal zum anderen denkt man nicht an die Toten des Krieges. Die verwundeten Menschen, die Kinder, die ohne Eltern zurückgeblieben sind, man denkt nur an einen einzigen Toten« Er dachte an diese eine tote Frau, die er heimlich über viele Jahre hinweg geliebt hatte. »Der Stein wird auf einem Fundament stehen. So breit und so hoch«, sagte er und zeigte ihr die ungefähre Höhe und Breite, hob die Augenbraue und deutete auf den Stein hinter der

Tür zum Arbeitszimmer. »Erst steht der Nachname, dann der Vorname. Das Geburtsdatum ist in römischen Zahlen gesetzt …«, sagte er, doch von innerer Unruhe getrieben, stockte er mitten im Satz.

»Der Grabstein wird sicherlich, wie jeder deiner Steine, vollkommen sein«, sagte seine Tochter und stellte das Tablett mit den zwei Gläsern und der Kanne auf den Tisch.

Dieses Adjektiv war unnötig und sie sagte es noch dazu in ihrem eigenwilligen Französisch.

Sein Blick musste außerordentlich vielsagend gewesen sein, denn mit dem einen Blick ohrfeigte er sie und mit dem anderen kritisierte er ihre oberflächliche Bemerkung.

Der Duft des eingegossenen Tees stieg in die Höhe. Im Haus selbst roch es nach kaltem Stein. Das Haus war eigentlich eine Wohnung. Sie gehörte früher zu einem zehnstöckigen Mietshaus. Ihr Vater, damals noch hauptberuflich Bildhauer, kaufte die Erdgeschosswohnung, baute eine größere Küche dazu und um die Wohnung herum setzte er einen Zaun, der einen kleinen Garten bekam. So wurde sein kleines Grundstück, mit diesem Zaun umrahmt, zu einer Festung für ihn.

Die Küche befand sich offen im Flur. Viele Fenster umkreisten die Wohnung, so dass das Geschehen im Inneren für den Passanten draußen sichtbar war, wären da nicht die Äste der Bäume, die sich wie Jalousien über die Fenster beugten und sämtliche Blicke aussperrten. Nur sie allein waren stille Beobachter.

Aaminah hatte Kopfschmerzen, als hätte sie die halbe Nacht geweint und die andere Hälfte der Nacht damit verbracht, frischgepresste Kamille auf ihre Augenlider zu legen, damit diese bei ihrem heutigen Treffen nicht verraten würden, dass sie in ihrem Kummer wortlos unterging.

»Ich habe es gewusst! Sie wird sterben«, sagte ihr Vater zu sich selbst, »der Teufel blieb extra auf der Erde, um die Menschen zu täuschen. Er lässt Menschen die Zukunft erahnen«, der Alte stockte mitten im Satz und wischte sich den Schweiß mit einem Tuch ab, der an seinem Gesicht klebte, »nur um sie vom Weg Allahs abzubringen«, beendete er seine Rede und traf dann jene Erkenntnis: »Aber ich glaube an Gott. Vielleicht ist es eine Gabe. Eine Gabe Gottes?« Dann blickte er Aaminah fragend an.

»Gabe oder Fluch, Hauptsache du sagst keinem,

was du siehst!«, meinte seine Tochter.

Aber er versuchte, ihr etwas zu beweisen: »Erst konnte ich sehen, was in der Zukunft bei den Leuten passieren wird, dann konnte ich den Tod voraussehen und jetzt sehe ich voraus, was mir passieren wird.«

»Vielleicht könntest du ja wirklich ihren Tod verhindern, indem du es laut aussprechen oder wenigstens aufschreiben würdest, aber der Zeitpunkt des Todes würde sich dann nur verschieben. Früher oder später wären sie sowieso gestorben.«

»Weshalb? Ich weiß ja ... aber warum?«

»Indem du es laut sagst, veränderst du das Schicksal«, sagte Aaminah.

Sie kannte seine Erzählungen bereits aus frühester Kindheit, dass er sah, was in der Zukunft passieren wird. Manchmal lag er richtig, aber sie dachte, ihr Vater hatte als Künstler einfach nur eine sehr gute Intuition und eine hervorragende Menschenkenntnis. Deswegen nahm sie all das nicht mehr sehr ernst.

»Würde ich den Mut haben, es zu sagen, dann würde alles ganz anders sein.

Ich hätte das Leben jener Menschen verlängern

können«, sagte er erbost.

»Das kann nicht sein, Vater!«

»Aber ich habe mich nie getraut zu sagen: *Hör mal, du stirbst vielleicht!*«

»Das darf man auch nicht sagen! Das ist wie eine Vorahnung. Wie ein Urteil, das nicht du fällen darfst, sondern allein Gott.«

»Aber ich allein weiß, was passieren wird. Doch ich schweige immer. Ich bin so feige.«

»Nein. Du hast das einzig Richtige getan, Abu.«

»Sollte ich es den Angehörigen sagen?«

»Nein, es würde keine Bedeutung mehr haben.«

»Aber für mich hat es eine Bedeutung!«

»Vater, Fuad ist tot! Wir können nichts mehr ändern. Ich kann nichts ändern und du ebenso wenig.«

»Ich spreche nicht von deinem Mann! Ich rede von den vielen anderen Menschen, deren Leben ich vor meinen Augen vorbeiziehen sah.«

Einen Moment lang trat Stille ein. Jemand schien sie zu belauschen.

Der aufwirbelnde Staub wehte im Wind und legte sich auf der Kleidung ab. Sie strich sich den Staub von ihrem Kleid, genauso wie sie die Worte ihres alten Vaters von sich wies.

Das war ihre Art, einen Menschen abzuwerten.

»Wenn du die Wahrheit sagst«, sie hielt inne, »wenn es deine Überzeugung ist, dann hör einfach damit auf, irgendwelche Dinge zu sehen!«

Sie verwies ihn wie einen kleinen Jungen in die Ecke. Sie hätte auch ruhiger sprechen können, aber beide würden dennoch aneinander vorbeireden.

Er sah schwach aus. Seine gebrochenen Gesichtszüge erregten Mitleid.

»Ich bete jeden Tag Allah um Verzeihung an, denn er ist allverzeihend und barmherzig. Weißt du, was die *Istighfar* ist? Es ist wie eine Übung, man stärkt das Herz und die Seele. Wir müssen alles, was auf Erden ist, achten. Diese Welt ist wie ein Kerker für die Gläubigen und ein Paradies für die Ungläubigen.«

Sie sah ihren Vater an und ihr verlorener Blick senkte sich. Er war so alt und manchmal dachte sie, er sei wahnsinnig geworden. Der mittlerweile weiß gewordene Bart und die Schläfen, all diese ergrauten Haare, vereinten eine mit den Jahren auferlegte Maske. Was er erzählte und wie er das tat, machten sie auf seinen Wahn aufmerksam.

»Weißt du noch die Geschichte von Odysseus,

die wir früher einmal zusammen gelesen haben? Als Odysseus bei Kalypso gefangen auf der Insel war … Sie wollte ihn nicht gehen lassen, bot ihm ewige Jugend an und ihr war ganz gleich, dass er Familie hatte, weil ihre egoistische Ader alles besitzen wollte.«

Der Steinmetz setzte sich nun zu ihr an den Tisch und fragte: »Ja, was ist damit?«

»Er war kein Gefangener. Odysseus hatte nicht mal Fesseln. Er hatte bloß keine Möglichkeit von der Insel runterzukommen. Vielleicht waren es seine besten Jahre.«

Aaminahs Vater spürte, worauf seine Tochter hinaus wollte, versuchte, sie zu beruhigen: »Fernab der Familie? Ich denke, du interpretierst zu viel hinein. Es ist doch bloß eine ausgedachte Geschichte.«

Es war solch ein Moment, der viel versprach und in dem sie aufhörte, etwas kontrollieren zu wollen. Sie gab sich dem hin, was sie hörte, hielt aber den Mund zusammengepresst, um nichts Verletzendes zu sagen, denn ihr Vater war bereits seit ihrer Kindheit ein erbärmlicher Tröster.

Aus der anderen Ecke der Wohnung öffnete sich eine Tür. Das kirschfarbene Parkett knarrte beim Gehen. Aaminahs Mutter trat heraus in das smaragdgrüne Wohnzimmer. Mit gebrochenem Optimismus begrüßte sie ihre Tochter und sah ihn an, in der Hoffnung, er würde Antworten auf all ihre Fragen finden. Doch er schwieg. Der Steinmetz schwieg und gab zu verstehen, dass *es* jeder selbst für sich herausfinden sollte.

Das Wohnzimmer, wo sich so viele Souvenirs aus vergangenen glücklichen Tagen ihrer beider Leben befanden, verwandelte sich in einen Antiquitätenbasar. Ein Basar, auf dem man um ein Kleinod handeln und feilschen kann und wo wertvoll gewordene Gegenstände, die einen unermesslichen Wert hatten, für ein Geringes verkauft werden.

Aaminah wollte kein Teil dieses Basars sein.

»Abu, ich komme morgen wieder«, sagte sie und blickte ihrer Mutter hinterher, die bereits in einem anderen Zimmer die Tür verschloss.

»Aaminah«, sagte er mit tiefer Stimme, »wäre es nicht besser, wenn du und die Kinder zu uns ziehen würdet?«

Er versprach sich so viel, hatte er doch seinen gesamten Mut zusammengenommen.

Nur wollte Aaminah ihr neues Leben nicht

mehr an einen Mann binden.

»Tut mir leid, Abu. Meine Kinder sollen den Staub der Grabsteine nicht einatmen und wie eine Bürde in ihren Lungen tragen«, sagte sie und hoffte, dass sie ihn nicht allzu sehr verletzte.

Allein in seinem Arbeitszimmer nahm er ein Tuch von einem Grabstein und wischte mit zittrigen Händen über das Porträt. Er schaute auf das Bild wie in einen Spiegel. Der schwarze Marmor reflektierte sein Gesicht. Bei dieser Arbeit hatte er sich besonders viel Mühe gegeben.

»Das Leben ist die Angst vor dem nächsten Tag«, sagte er und berührte die beiden fertigen Steine von Madame Badia und seinen eigenen.

Sein Körper wurde von einem kalten Schauer überfallen. Brustzusammenschnürende Übelkeit und die unüberwindbare Angst vor dem Tod, auf den er sehnsuchtsvoll wartete, kamen in ihm hoch. Das heftige Fieber senkte ihn auf die Knie. Der Alte zitterte, der Puls immer niedriger und die Krämpfe immer stärker werdend, an Waden und Händen. Er hielt seine Hände zusammengeballt und spürte, wie von Sekunde zu Sekunde seine Haut totenkalt wurde.

Nun realisierte er, was geschah. Ein Verfall des

Körpers. Er starb bei lebendigem Verstand.

Der Steinmetz zog sich hoch und schleppte sich auf den langen Divan.

Im zittrigen Wahn schlief er ein. Und lag wie in einem Sarg, in den er sich selbst gebettet hatte.

LIEBENDE(!), KEINE LIEBHABER

BEIRUT, LIBANON
Frühling 1984

Hinter einer großen Fensterscheibe mit vielen kleinen Quadraten aus dunklen Leisten sah man leere Tische und Stühle und ein paar Menschen. Sie beschloss reinzugehen und nicht draußen zu warten. Sie ging an einen kleinen Tisch mit zwei Stühlen, der in Mitten des Cafés stand, setzte sich, bestellte eine Tasse Kaffee und wartete.

Aaminah wollte so gerne jenem Menschen, auf den sie dort wartete, ihr Herz ausschütten. Dieser Fremden, die ihr doch so nahe stand, weil sie etwas mit ein und demselben Mann verband: Aaminahs Ehemann. Sie wollte schreien, fluchen, begreifen, weshalb ihr Mann eine andere mehr liebte. Der Mann, der ihr beider Leben mit Hoffnung und Liebe vergiftet hatte. Aber wer wusste besser, wenn nicht Aaminah, wie es war zu lieben und unglücklich zu sein?

Kurz vor ihrer Verlobung mit Fuad begegnete ihr der Mann ihres Lebens, nur war es bereits zu spät, ihrerseits die Verlobung aufzulösen. Es wäre eine Schande für ihre Familie gewesen. Aber diese Demütigung, dass ihr Mann eine Geliebte hatte, das war normal. Ihre Familie interessierte sich für sowas nicht.

Sie verbrachte ungeliebte 10 Jahre an der Seite eines Fremden. Sie dachte ganz am Anfang, dass sie ihn wirklich sehr mochte, aber sie war viel zu jung und unerfahren und lernte erst später, dass er ihr egal war.

Nun war sie frei für ihre wahre Liebe, aber sie wusste nicht, wo sie diesen Mann suchen sollte, und außerdem wusste sie nicht, ob sie glücklich über ihre neugewonnene Freiheit sein sollte oder Trauer zeigen musste. Sie war äußerlich ganz ruhig, doch innerlich entsetzlich unsicher.

Der Kaffee wurde gebracht, dann hörte sie das Klappern von Absätzen auf den schwarz-weißen Fliesen. Nervös blickte sie zum Fenster.

»Marhaba«, sagte eine weibliche Stimme. »Sorry, ma behke libnene.«

Aaminah sah die blonde Frau mit dem engelsgleichen Gesicht an. Nein, ihre Gedanken konnte sie dieser Frau, die ihren Mann geliebt hatte, nicht anvertrauen. Sie, die da stand, hatte die Liebe ihres Lebens verloren, während Aaminah ihr selbstbestimmtes Leben zurückerlangte. Sie beschloss, nichts davon zu erzählen. Im Grunde befand sich die blonde Frau in einer ähnlichen Situation. Irgendwie tat sie Aaminah leid.

Das Blatt hat sich gewendet, dachte Aaminah und sagte dann: »Bonjour!«, überraschend zaghaft. »Sie sind gekommen! Bitte setzen Sie sich doch.«

»Ja, ich habe es Ihnen doch versprochen«, antwortete Dolphine.

Ihr lockiges Haar war zurechtgemacht und hing leicht über ihren Schultern. Die Frau im indigofarbenen Mantel setzte sich und bestellte einen *Shai*.

Für einen Moment wurde es sehr still am Tisch. Die Sonne schien durchs Fenster und blendete beide Frauen. Sie kniffen die Augen zusammen, sagten nichts, nur ihren Atem konnte man hören, den Atem zweier Raubkatzen, die jede Sekunde übereinander herfallen konnten, wenn doch die Beute nicht bereits verwest wäre …

Als die Sonne erneut verschwand, betrachtete Aaminah Dolphines Gesicht.

»Sie sind schön«, sagte sie. »Hübscher, als ich sie mir vorgestellt habe.«

»Danke«, entgegnete Dolphine verlegen. »Ich

habe Sie ja bereits auf ein paar Fotos gesehen. Damals hatten sie noch welliges Haar. Sie sahen bezaubernd aus. Verzeihung, Sie sind immer noch bezaubernd.«

Der Tee wurde Dolphine gereicht und beide hatten dadurch Gelegenheit, ihre Gedanken kurz zu ordnen. Dann holte Aaminah tief Luft und begann zu sprechen. Bei ihrer Gestikulation berührten sich die Spitzen Ihrer Finger.

»Ich wusste immer, dass es Sie gibt. Ich las damals Ihren Brief. Ihre Worte waren so gewaltig und so ehrlich ... voller Aufrichtigkeit, dass ich dachte, nie so werden zu können wie Sie.«

»Aber so wie Sie sind, sind Sie wundervoll.«

»Wundervoll für meine Kinder vielleicht, aber nie für den Mann, den ich ... geheiratet habe.«

»Sagen Sie nicht so etwas. Er hat Sie ganz sicher geliebt.«

»Hat er Ihnen das gesagt?«, fragte Aaminah voller Hoffnung, dass ihre Ehe doch keine gelebte Lüge war.

Dolphine schwieg. Tatsächlich verneinte er damals die Frage, ob er seine Frau liebe, aber um Aaminah nicht zu verletzen, fügte sie hinzu: »Zumindest hat er nie an Scheidung gedacht, also waren Sie ihm wichtig. Sie waren schließlich seine Familie.«

Aaminah nahm den kleinen Löffel, mischte Zucker in den schwarzen Kaffee hinein und rührte ihn langsam um.

Dolphine musste diese Frage stellen: »Woher wussten Sie von mir?«

»Zuhause hat er nie ein Wort über Sie verloren, aber als ich ihn damals, während der Zeit unserer Verlobung, auf Ihren Brief ansprach, da schwieg er und verteidigte sich nicht. Da wusste ich, es ist was Ernstes.« Sie senkte den Kopf und Tränen fielen auf den Tisch. Sie sprach nicht zu Ende, dachte, die Leute würden sie hören, wie sie erzählen würde, wie sie vergeblich einen Suizidversuch unternahm, weil sie einfach nicht verstand, wie sie mit so etwas umgehen sollte. Aaminah wischte sich ihre Tränen mit einem Taschentuch weg und sagte Worte, die wie eine Entschuldigung klangen: »Wäre ich gestorben, wären Sie zusammen.«

»Ich glaube nicht, dass ...«, Dolphine stockte inmitten ihres Satzes, denn sie war auch dieser Meinung gewesen.

Sie nahm einen Schluck *Shai*, der lediglich

schwarzer Tee war, und beobachtete die Leute an den gegenüberliegenden Tischen. Wie befremdlich ihr dieses Treffen doch vorkam, aber es war nicht sonderlich neu für ihren Lebensstil.

»Sagen Sie, haben Sie Kinder?«

»Ja, zwei. Einen Jungen und ein Mädchen«, antwortet Dolphine.

»Sind sie von ihm?«

»Nein, oh nein. Wir wollten keine Kinder miteinander.«

»Das heißt, Sie sind verheiratet?«

»War. Ich war verheiratet.«

»Und wusste Ihr Mann von alle dem?«

»Ja, er wusste es, aber er konnte es gut verdrängen.«

»Sie haben ihm alles gesagt?«, keuchte Aaminah fassungslos und ergriffen. »Sie sind mutig!«

Eine stille Faszination für diese Frau breitete sich in ihrem Herzen aus.

»Kann sein. Warum sollte man auch mit so einer Unehrlichkeit leben?«, entgegnete Dolphine.

»Fuad verschwieg die Wahrheit. Mir verschwieg er sie.«

»Er wollte Sie nicht kränken. Er dachte, Sie würden ihn verlassen und womöglich auch noch die Kinder mitnehmen.«

»Das hätte ich nie getan!«, sagte sie und ihre Stimme klang merkwürdig schrill. »Weshalb hat er das gesagt? Er kannte mich kein bisschen.«

»Vielleicht wollte er einfach nicht meinetwegen … Sie verlassen.«

Dolphine führte die Tasse zum Mund und fixierte mit ihrem Blick Passanten, die an dem Café vorbeiliefen. Sie sahen die beiden Frauen. Die eine Geliebte, die andere Ehefrau – und nun Witwe. Eine ungewöhnliche Begegnung.

Es wäre wohl besser gewesen, für das, was man liebt, zu kämpfen. Wenn man nicht kämpft, zerstört man viel mehr. Ein ganzes Leben, anstatt nur ein Herz.

Ihre beiden Gedanken waren in jenem Moment nicht erkundbar, doch ihre Gesichter spiegelten eine gewisse Ähnlichkeit.

Sie waren wie ein Spiegelbild in der Dunkelheit, wie Tag und Nacht. Wie die Sonne, die dem Mond nie begegnen durfte.

»Waren Sie Liebhaber?«

»Nein. Wir waren Liebende! Keine Liebhaber«, sagte Dolphine, die sich zu verteidigen versuchte.

»Haben Sie oft Zeit miteinander verbracht?«

»Nicht so oft. Ich wohnte in Frankreich und bin nur alle zwei bis vier Jahre in Beirut gewesen. Die meiste Zeit schrieben wir uns Briefe.«

»Ich wünschte, Sie wären es.«

»Wer?«

»Die Frauen, mit denen Fuad mich betrog.«

»Sie wussten davon?«

»Ja! Spürt eine Frau das denn nicht, wenn sie betrogen wird?«

»Sicher, in einer gewissen Art und Weise schon.«

»Wussten Sie denn davon?«

Dolphine schwieg. Natürlich wusste sie von seinen Seitensprüngen; um ehrlich zu sein, hatte sie nichts dagegen. Aber sie war ja auch nicht seine Ehefrau. Vielleicht hätte diese eine Tatsache etwas geändert.

»Ich muss aufrichtig sein, ja, ich habe es gewusst.«

Aaminah schaute Dolphine verstört an. Dann blickte sie auf den Tisch und hob ihren Kopf erneut unter Tränen. Sie kam sich so dumm vor.

»Er hat mich nie geliebt. Er ist … er war ein Blender.«

»Aber er hinterging nie seine Familie. Er blieb

bei dir und den Kindern«, sagte Dolphine eindringlich, Fuad in Schutz nehmend. Dabei nahm sie Aaminahs Hand. »Entschuldigen Sie«, sagte Dolphine sogleich und ließ die Hand los.

Aber Aaminah griff wieder nach Dolphines Hand.

»Sie sind nicht mehr verheiratet. Sie tragen keinen Ehering mehr.«

»Ich bin seit ein paar Jahren geschieden.«

»Sie liebten nur meinen Mann, habe ich recht?«

»Ja, das tat ich, aber jetzt, wo er nicht mehr da ist …« Dolphine machte eine kurze Pause, inmitten des Satzes, weil sie ihn auch nachdem er gestorben war weiterhin liebte. »Danke, dass ich zur Beerdigung kommen durfte.«

»Es war nicht meine Beerdigung. Nicht ich habe darauf bestanden«, sagte Aaminah kopfschüttelnd.

Dolphine wusste nichts darauf zu erwidern.

»Wieso haben Sie mir das angetan?«, fragte Aaminah plötzlich.

Dolphine blickte ganz überrascht auf und schwieg. Konnte sie einer betrogenen Ehefrau wirklich weismachen, dass zwischen deren Ehemann und ihr lediglich *reine Liebe* bestand? Es war mehr als körperliche Liebe, nämlich das Teilen der Zeit, tiefgründige Gespräche, die Inspiration und das Gefühl, verstanden zu werden.

Aaminah begriff, dass Sie Dolphine unrecht tat.

»Es tut mir leid. Meine Emotionen habe ich nicht mehr unter Kontrolle. Ich finde nur, Sie hätten den Mut aufbringen müssen, um ihn zu kämpfen, denn dann wäre mir meine seelenlose Ehe erspart geblieben und Ihnen das Gefühl der Machtlosigkeit!«

Dolphine erkannte das verhüllte Verständnis und gab zu: »Ich tat es, aber ich glaube der Mann, den wir beide liebten, war einfach *décourage*.«

Fuad war bescheiden und wählerisch, er lebte in einer materiellen, praktischen Welt und verbarg oft seine Gefühle. Träumerische Gefühlsausbrüche ließen ihn kalt. Er wollte eine aufrichtige Ehefrau und Mutter und die fand er in Aaminah. Seine nüchterne Art gehörte zu seinem Wesen. Nur Dolphine kannte auch die andere Seite von ihm.

Aaminah stand plötzlich vom Stuhl auf, nahm ihre Tasche und sagte entschlossen: »Jetzt, da ich Sie sehe, bekommen alle Frauen, mit denen er mich betrogen hat, ein Gesicht. Ihres!

Hätte ich nichts von Ihnen erfahren, wären diese Frauen auch nur Schattenwesen meines Verstandes, ohne Gesicht und Identität. Ich hoffe, wir sehen uns nie wieder! Minschoufak.«

NONCHALANCE

HOLLYWOOD, USA

Ein Filmdreh

Hinter jenem Fenster trieb der Wind die Wolken weiter, sodass die Sonne kurz hereinblickte und es dem Durchzug gelang, die Duschvorhänge nach oben fliegen zu lassen und ihre Flügel auszubreiten.

Aus dem Hahn schoss klares Wasser und bildete weißen Schaum im Tal der Badewanne.

Die Türklinke zum Badezimmer wurde heruntergedrückt und eine sehr gut angezogene Frau stand in der Öffnung.

»Tante Schoscho«, rief eine helle Stimme. Die Duschvorhänge zur Seite ziehend, rannte Evelyn in ihre Arme.

»Schließen wir lieber die Tür«, schlug die Tante vor und das junge Mädchen drehte den Schlüssel um.

»Abgeschlossen! Jetzt sind wir ganz unter uns«, sagte sie erfreut.

»Na, dann ist es wohl besser, wenn ich meine Schuhe hier ausziehe.«

Barfuß stand die Tante nun auf dem kalten

Marmorboden und verlor dennoch nicht ihre graziöse Haltung. Die Tante mütterlicherseits, die eher wie eine große Schwester für Evelyn war, hatte diesen gewissen Zauber im Gesicht. Ihr welliges, dunkles Haar mit rötlich verflochtenen Strähnen, die dünn gezupften Brauenbögen, der herzförmig geschminkte Mund, der so vieles versprechen konnte und dennoch all seine Versprechen auch einzulösen vermochte, wie kaum ein anderer ... Sie war wie eine ersehnte Bitte, ein erhörtes Gebet.

»Nun!«, sagte Schoscho und ging geradewegs an Evelyn vorbei, streifte ihre Schulter, berührte mit den kalten Fingerspitzen den Rand, der sich füllenden Badewanne und schaute hinab auf den Schaum, wandte sich dann ab und ging auf Evelyn zu, die sie still betrachtete.

»In diesem Zustand solltest du besser kein Bad nehmen.«

»Ich ...«, stotterte Evelyn, »aber du ...? Jacob und ich ...«

»Shhh!«, sagte Tante Schoscho und legte ihren Zeigefinger auf Evelyns Lippen.

»Aber ich weiß doch, du brauchst mir nichts zu erklären. Es ist von dem Jungen, der bereits den ganzen Vormittag auf dich im Garten wartet und versucht, von seinem Versteck aus in dein verschlossenes Fenster zu blicken.«

»Er ist wirklich da?«, rief Evelyn schockiert und rannte durch die kleine Tür ihres En-Suite-Badezimmers, hinein in ihr Schlafzimmer.

Ihr Blick auf den Garten versetzte sie in erschauerndes Staunen. So viele Blumenarrangements umgaben die Atmosphäre. Prachtvolle Skulpturen auf Sockeln, die nach Kunst aussahen. Kellner, die mit Tabletts und Champagnerflaschen umherliefen.

Sie neigte den Kopf weiter vor und tatsächlich, es regte sich etwas hinter einem Busch. Sein Blick traf auf ihren. Sie verharrte regungslos und las in seinen Augen, dass er bereit war, ihr sein ganzes Leben zu opfern. Sie verbarg ihre Freude, ihn gesehen zu haben, zog den Vorhang mit beiden Händen zu, lief ins Badezimmer und zog den Stöpsel raus. Ihre Tränen fielen in das abfließende Wasser und wurden in den Sog hineingezogen.

»Ich habe ihm doch verboten herzukommen. Wieso macht er das? Weshalb lässt er mich nicht los? An diesem Tag … Er macht alles nur noch komplizierter!«, sagte Evelyn unter Tränen.

»Er hat Angst dich zu verlieren, aber er schweigt«, antwortete ihr die Tante.

Sie sah dem Wasser zu, wie es hinunterfloss, bis die Wanne immer klarer wurde und der Schaum verschwand. Sie sah tief hinein, wie in eine Schlucht oder einen Graben, so als ob sie sich hineinstürzen wollte.

»Evelyn, geht es dir nicht gut, Kleines?«, fragte Tante Schoscho.

»Nein, Tante, ich hasse ihn. Ich will überhaupt nicht heiraten. Er ist grässlich«, sagte Evelyn mit überheblich kindischer Natur, »wie er riecht, wie er mich berührt. Er lacht und versucht immer charmant zu sein, aber er ist hinterlistig zu den Leuten. Das spüre ich!«

Evelyn redete so geschwind, dass sie sich wiederholte und einige Gedanken doppelt aussprach, während sie andere unausgesprochen ließ.

»Ich kann ihn nicht heiraten. Das wäre so … Ich liebe doch jemand anderen und ich wäre mein ganzes Leben lang unglücklich ohne ihn.«

Sie hielt inne und wollte ihren Satz beenden, aber Tante Schoscho unterbrach sie: »Glück beruht auf Geben und Nehmen. Wer nicht sieht, wird niemals verstehen. Wer kein Herz hat, wird niemals mit anderen mitfühlen, und wer nicht teilhaben lässt, der wird niemals das wahre Glück kennenlernen.«

Schoscho strich Evelyn durchs Haar. Dann ging sie emotional auf Distanz.

»Komisch, dass wir am selben Tag geboren sind, nur die Monate sind unterschiedlich, bei mir ist immer Winter und bei dir ewiger Frühling … und ein paar Jahre trennen uns. Aber glaube mir, Kleines, es wäre das Beste für dich.«

Sie setzte sich zu Evelyn auf den Rand der Badewanne.

Evelyns fassungslosem Gesichtsausdruck folgte Zorn und ihre großen, hellgrünen Augen wurden noch größer, doch sie sagte nichts dazu. Stattdessen runzelte sie leicht die Stirn und ihr Blick erwartete forschend eine Entschuldigung, aber stattdessen fing Tante Schoscho an, leise zu wimmern und zu weinen.

»Aber Schoscho, weine doch nicht meinetwegen. Er ist so … Aber vielleicht kann ich ihn ändern!«

»Ah, mein liebes Kind, Männer kann man doch überhaupt nicht ändern. Sie bleiben unverändert, so wie Gott sie schuf und ihre Mütter sie erzogen.«

»Weshalb habe ich dich dann zum Weinen gebracht?«, fragte Evelyn.

»Nicht du hast mich zum Weinen gebracht, sondern Großmutter.«

»Großmutter? Aber was ist mit ihr?«

Das lange Schweigen unterbrach Schoscho mit einem tiefen Seufzer.

»Meine Mutter hat Krebs, mit einer Wahrscheinlichkeit von dreißig Prozent, sagen die Ärzte. Die schwarzen Punkte auf dem Röntgenbild sagen, es ist Krebs, aber sie sind sich nicht sicher.«

»Und wie geht es Großmutter jetzt?«

»Sie hat Schmerzen. Ihr Rücken tut weh. Ihre Knochen schmerzen unentwegt.«

»Was sagt denn Großvater dazu?«

»Er ist schockiert. Kommt am vierten November.«

»Erst? Aber ist das nicht viel zu spät? Er sollte doch jetzt bei ihr sein? Was soll man jetzt nur tun? Was schlagen die Ärzte vor?«

»Sie haben mir gesagt, es müssen noch weitere Untersuchungen gemacht werden. Mutter hat eine Spritze bekommen, die Schmerzen müssten nachlassen. Am Freitag kommen Ärzte aus Israel. Ich

kann nicht bis Freitag warten. Ich ersticke in Ungewissheit!«, seufzte Schoscho.

»Habt ihr das Resultat der Blutuntersuchung?
Es wurde doch eine gemacht?«

»Negativ. Aber es ist kein Fakt und es beruhigt
einen auch nicht sonderlich«, sagte Schoscho und
berührte zärtlich Evelyns Hand.

»Wieso sagte mir Maman nichts? Ich dachte,
Großmutter und Großvater bleiben noch ein paar
Wochen in Toulouse. Ich hasse sie, sie behandelt
mich wie ein kleines Kind und lügt mich an.
Nicht mal solche wichtigen Nachrichten über-
bringt sie mir.«

»Es ist nicht ihre Schuld. Sie weiß noch von gar
nichts. Aber was soll ich denn tun? Ich kann
nichts unversucht lassen. Wahrscheinlich könnte
man von irgendwoher kostengünstige Medika-
mente beschaffen, aber Gott weiß, was dadrin ist.
Am Ende stirbt meine Mutter noch an einer Me-
dikamentenvergiftung. Und wenn es wirklich
Krebs ist …« Sie wandte den Kopf zur Seite.

Aus tiefer Bestürzung wurden Evelyns Augen
nass und ihre Stimme brach geschmeidig die Tö-
ne entzwei, als sie sagen wollte, es täte ihr leid.

»Wir schicken Großmutter zu den besten Ärzten. Wir brauchen uns doch keine Gedanken ums Geld zu machen«, sagte sie schließlich und fühlte sich schuldig.

Schoscho blickte zur Wand und entdeckte das Bild einer Nymphe und eines Jünglings, der ins Wasser schaute und darin sein Spiegelbild sah.

»Echo und Narcissus. Ovid schrieb doch ein Gedicht darüber … wie waren die Worte noch?

Oftmals naht' er umsonst dem täuschenden Bor-
ne mit Küssen;
Oftmals mitten hinein, den gesehenen Hals zu
umfangen.
Taucht' er die Arme in die Quell' und haschte sich
nicht in dem Quelle.
Was ihm erschein' unkundig, entlodert er von der
Erscheinung;
Und derselbige Wahn, der sie anlockt, täuschet
die Augen.
Was, Leichtgläubiger, fängst du umsonst ein ent-
fliehendes Gleichnis?
Nirgend ist, was du begehrst; das Geliebte, wen-
de dich! Schwindet.
Was du erblickst, ist Schatten des wiederstrah-
lenden Bildes.

Nichts hat jenes von sich; mit dir nur kommt es,
und weilt es;

Das kam mir so in den Sinn«, sagte Schoscho.

Sie schaute Evelyn verlegen an und meinte: »Kind, ich will dich lieber allein lassen. Es ist deine Entscheidung, was heute passiert und wie es dein Leben verändern wird, und deine Entscheidung ist mir die liebste. Egal was du tust, ich werde mich immer um dich sorgen.«

Schoscho sah in den Spiegel und küsste Evelyns Spiegelbild.

»Ich werde es nicht tun«, murmelte Evelyn.

»Wer weiß?«

Sie sah Evelyn tief in die Augen und flehte sie an … Aber die Tür fiel ins Schloss und Evelyn löste den Knoten des Bademantels, er glitt ihren nackten Körper hinunter. Sie stand vor dem Spiegel und betrachtet sich, dann strich sie sich mit der Hand über den Bauch, ließ die Hand an die Seite gleiten und fasste sich an den Unterleib, kniff ihn zusammen, so als ob sie das Kind zerdrückte.

Sie wusste in jenem Moment, was sie zu tun hatte. Sie hörte im Kopf die Stimmen ihrer Mutter und ihres Stiefvaters: *Eine Schande bist du! Du trägst einen Bastard aus! Du hast uns blamiert!*

»Nein, das habe ich nicht!«, schrie sie unter Tränen ihrem Spiegelbild zu und ihr Protest hörte sich bereits nach einer Kapitulation an, als hätte sie keine Kraft mehr immer und immer wieder etwas zu beteuern, von dem sowieso nichts geglaubt wurde.

Sie setzte sich an den Rand der Badewanne und begann, am ganzen Körper zu zittern. Das Bild von Waterhouse hing an der Wand und sie musterte es, oder wurde sie von dem Jüngling betrachtet? War sie jenes Spiegelbild, welches er im Wasser sah?

Sie blickte hinüber zur Tür und sah darunter einen Brief liegen. Sie hob ihn auf, setzte sich auf den Bademantel, und riss ihn auf. Ohne ihn zu lesen versuchte sie, die Handschrift zu entziffern. Dann wanderten ihre Augen von Zeile zu Zeile...

Liebste Evelyn,

wenn ein Mensch erkennt, dass er in seinem Leben nicht mehr glücklich werden kann und sich von Tag zu Tag die Gründe dafür häufen, dann bleibt einem nichts anderes mehr übrig, als aus diesem Leben zu verschwinden. Deinem Leben, meine liebste Evelyn. Und dafür habe ich mich entschieden. Es gibt vielleicht Männer, die hätten weitergemacht, hätten ihr altes Leben hinter sich gelassen, um mit einem neuen Leben zu beginnen, aber das kann ich nicht.

Als wir miteinander geschlafen haben, dachte ich, dass wir es aus Liebe zueinander taten, aber dem war nicht so. Ich bin mir nicht sicher, ob es stimmt, aber ich hatte das Gefühl, dass Du mich in Wirklichkeit nie geliebt hast, dass ich nur Ersatz für etwas war. Seien wir doch ehrlich, Du sahst mich nie als denjenigen an, den Du heiraten wolltest.

Ich werde diesen heutigen Tag immer verfluchen und wohl Dein Handeln nie verstehen, aber ich akzeptiere es, denn ich will, dass Du glücklich bist.

Ich hatte den Wunsch, dass wir eine große Familie sein könnten, aber Du hattest andere Pläne …

Für mich bricht eine Welt zusammen. Ich habe erkannt, dass zwischen uns keine Liebe vorhanden ist, denn Du hast mir den Wunsch, ein guter Ehemann und Vater zu sein, verwehrt.

Über diese Fassungslosigkeit hinwegzukommen,

ist schwer. Ich möchte den Schmerz nicht spüren.
Ich will einfach nicht mehr ... Dich lieben.

Armond

»Ich habe es gewusst«, sagte sie leise und dabei strömten Tränen über ihr Gesicht.

Sie hielt den Brief so fest in der Hand, dass er zerknitterte. Ihre Fingernägel bohrten sich durch die Handschrift hindurch.

Grobe Lügen waren es nicht, welche er ihr vorwarf, aber es war auch nicht so, wie er es darstellte und empfand.

In ihren langen, dunklen Wimpern sammelten sich Tränen. Sie weinte leise und bedacht. Zerriss dann den Brief in viele kleine Stücke, als existierte dieser nie.

Sie machte den Ventilator an und die kühle Luft strömte wie Ungewissheit auf ihr Gesicht.
Sie streichelte mit der flachen Hand erneut über den Bauch. Dieses Kind ... dieses Fremde in ihr. Mit Reue starrte sie in den Spiegel ihrer selbst.

Mehrere Minuten stand sie so wie in Trance, nackt und unschuldig schön. Dann drehte sie sich entschieden um und ging hinüber in ihr Schlafzimmer. Es war vollkommen dunkel. Schwere

Vorhänge ließen das Licht außen vor. Nur ein kleiner Teil des Lichts, welches aus dem Badezimmer hinüber drang, reflektierte auf die Kommode und im Spiegel.

Neben vielen Flakons, Lippenstiften, Perlenketten und Puderdosen stand ein Bilderrahmen, welcher ein Liebespaar gefangen hielt.

Evelyn holte aus einer Schublade einen Strick hervor und legte ihn sich sorgsam um den Hals, stand vom Stuhl auf, ohne sich noch einmal im Spiegel zu betrachten.

Sie spielte diese Szene schon mehrmals und durchdacht.

Scherben zersprangen, ein Bilderrahmen fiel auf den Boden und blieb liegen. Das Licht flackerte auf. Es wurde vollkommen still.

SUIZID IST SCHMERZLOS

PARIS, FRANKREICH
Sommer 1979

Er hatte es instinktiv gespürt, als er das Drehbuch zum ersten Mal las. Er hatte es innerhalb von wenigen Stunden ganz durchgelesen. Auch später würde der Film ohne Unterbrechung angeschaut werden.

Den Autor kannte er nicht. Ein gewisser *Shosh*. Er hatte bisher nichts von diesem jungen Talent gehört, aber von all den jungen Autoren, deren Drehbücher sich in seiner Wohnung häuften, hatte ihn dieses besonders angesprochen. Er würde den Film machen. Punkt. Ausrufezeichen! Alles hing nun vom Dreh ab.

Nach irritierenden Verhandlungen, gaben der Produzent und die Studiobosse ihr Einverständnis. Die Vorproduktion nahm bereits vier Monate in Anspruch und nach den ewigen Proben in schäbigen Sälen wurden die Begabungen und Idiosynkrasien der Schauspieler zu den Persönlichkeiten und Egos der Menschen in der Story. Alles lag nun mal in der Vorbereitung.

»Kommt Leute, wir wollen keine Zeit verlieren.

Viermaliges Ausleuchten dauert ja allein schon den ganzen Tag«, sagte er, klatschte in die Hände und rief alle zusammen.

Er hatte alle Genehmigungen für die Drehorte, Bühnenpläne für Studioaufnahmen, Polaroidaufnahmen von Standorten und immer sein kleines, rotes Notizbuch dabei, falls ihm neue Ideen in den Sinn kämen.

Nachdem die erste Szene abgedreht war, überfiel ihn eine Rastlosigkeit. Er musste weg. Irgendwohin, nur nicht hier sein. Sofort setzte er sich in ein Taxi und ließ die Produzenten hinter sich. Sie investierten viel Geld, aber sie konnten warten, denn nur er konnte die Geschichte glaubwürdig erzählen, das wussten sie alle.

Nur er kannte die Wahrheit. Während sich sein Film bewegte, ging ein Verschluss zu und verhinderte, dass das Licht auf den Negativfilm traf. Ein Einzelbild nach dem anderen wurde belichtet, bis zu 24 Einzelbilder pro Sekunde. Das Geheimnis daran war, dass es für das menschliche Auge wie eine ununterbrochene Bewegung wirkte.

Sein Star war die größte Schauspielerin jener Zeit – Direktimport aus Hollywood. Oh Gott, wie er Hollywood hasste. Der ewige Sonnenschein und nie gab es dort Schnee. Aber die Amerikanerin war der Figur im Buch am nächsten.

Er arbeitete wie auf Hochtouren, denn dieses Projekt hatte eine gewisse persönliche Bedeutung für ihn.

»Ja, das ist es!«, sagte er sich, nachdem er die erste Stufe übersehen hatte, stolperte, hinfiel und auf den polierten, grauen Marmorboden starrte.

»Farben scheinen unecht«, sagte er laut, sodass sich einige Hotelgäste umdrehten, »es muss alles schwarz-weiß sein. Aber ist schwarz-weiß nicht grau? Ja, genau so grau wie der Boden.«

Er drängelte sich in den Lift und grinste. Er sah albern aus, aber er war in Gedanken versunken und wusste wirklich, was er tat. Es sah nur so aus, als ob er es nicht wüsste.

In einem Interview sagte er einmal: »Ich weiß gar nicht, wie ich meine Arbeit beschreiben soll. Sie gibt mir einen Sinn. Dabei weiß ich gar nicht, worum es in meinem Leben geht. Wozu auch Untersuchungen anstellen?! Vielleicht ist mein Arbeitseifer eine Flucht vor Problemen? Aber mal ehrlich, was für Probleme kann ich schon haben? Ich verdiene mehrere Millionen pro Film. Jeder Mensch muss sein Problem so angehen, wie es für ihn am besten funktioniert.«

Der Lift fuhr erst hoch, dann wieder runter. Marcel sprang raus und ging zur Rezeption, weil er seinen Schlüssel vergessen hatte.

»Ein Telegramm für Sie Monsieur, es ist gerade angekommen«, sagte der Portier.

»Schicken Sie es hoch und geben Sie mir meinen Zimmerschlüssel.«

»Ich fürchte, es ist dringend«, sagte der Mann hinter der Rezeption.

»Nun gut, geben Sie es her! Hoffentlich nicht dieser *Hollywood-Vamp* mit ihren Sonderwünschen … sonst lass ich das Telegramm sofort an die Studiobosse weiterreichen«, sagte er und grinste den Portier an. Dieser aber lächelte nicht zurück.

Marcel las das Telegramm und sein Gesichtsausdruck änderte sich: *Lieber Marcel, Ihr Vater ist gestern Nacht verstorben. Die Beerdigung findet am Donnerstag um 16:00 Uhr statt. Rufen Sie mich an. Kathleen.*

Der *Take* war gefallen. Er konnte nicht weg aus Paris. Was schrieb sie da? Sein Vater sei gestorben? Er wusste nicht, wie er hier improvisieren sollte. Der Drehbuchdurchlauf lief so gut und bei

144

den Proben war auch schon das ganze Skript durchgenommen worden ... Verdammt, es lief phänomenal. Er wusste, es würde keine Schwierigkeiten beim Dreh geben und nun das. Er wandte sich langsam ab und ging zur Drehtür. Die Sonne schien ihm in die Augen. Er setzte seine Sonnenbrille auf, steckte das Telegramm in seine Jackentasche und seine Gedanken schweiften ab.

»Marcel, ich wusste, du lungerst vorm Hotel rum! Wieso in aller Welt bist du abgehauen?«, fragte ihn sein Produzent nervös.

Statt einer Antwort, brach Marcel in Tränen aus. Nein, er tat das nicht wirklich, aber stellte sich vor, wie er rot wurde und Tränen sich in seinen Augen bildeten. Er setzte ein zweifelndes Gesicht auf und riss sein Herz innerlich auf, während er am Ärmel gepackt und zurück ins Hotel gezogen wurde.

Er befand sich nun in einem Raum, dessen Wände transparent waren. Marcel antwortete immer noch nicht. Ein schwaches Licht fiel auf ihn und er betrachtete die Szene durch seine schwarze Sonnenbrille.

Sein Produzent redete auf ihn ein, doch Marcel

verstand kein Wort. War das ein Stummfilm oder war er taub geworden? Langsam löste er sich von dem Schock.

»Ich verstehe das alles nicht«, sagte der Produzent mit einem Glas Whisky in den schwitzigen Händen, »du bist fremd hier wie ich, aber du wolltest, nein, du bestandst darauf, dass der Film in Paris gedreht werden sollte. New York war dir nicht *europäisch* genug. Ich zitiere: »*Mir fehlt diese Leichtigkeit*«. Und nun läufst du vom Dreh weg und lässt die Assistentin allein. Bist du krank?«

»Nein, nur todmüde.«

»Hey, Marcel, ich habe eine Menge Kohle in deinen Film investiert. Und im Moment läuft alles schief! Diese Kuh hat sich im Bad eingeschlossen und schreit, sie begehe Selbstmord, wenn ihr verdammter Köter nicht aus Los Angeles eingeflogen wird!«

»Was soll's! Sag ihr einfach, *suicide is painless*!«

»Was? Ich hoffe, diese Hollywood-Schlampe kann deine Mutter nur halb so gut spielen, sonst ist das alles rausgeschmissenes Geld.«

Da, er hatte sie erwähnt! *Mutter*! Wusste sie es schon? Er musste sofort zu ihr.

»Bist du meiner Meinung?«

Marcel nickte, riss sich für einen Moment zusammen und sagte euphorisch: »Ich spiele gerade mit einer neuen Idee.«

»Aber ich dachte, es wäre perfekt, so wie es ist?«, stotterte der Produzent irritiert.

»Niemals kann etwas perfekt sein. Unser Ziel ist es, das Publikum in eine Scheinwelt zu versetzen, die es zuvor nicht gekannt hat. Eine Tür muss aufgehen und dahinter ist eine neue Welt!«

»Wie auch immer ... Komm nicht zu spät zum shoot day. Wir müssen versuchen, drei Seiten pro Tag zu drehen. Ich bin zwar kein Genie, so wie du, aber vierzig Tage sind üblich für hundertzwanzig Seiten!«

»Auf Wiedersehen, Jerry.«

»Joe!«, schrie der Produzent zurück.

»Wie auch immer. Für mich sahst du schon immer wie ein Jerry aus. Aber jetzt muss ich los. Morgen bin ich pünktlich am Set.«

Er schloss die Tür und ein Déjà-vu überkam ihn. Das schlechte Gewissen plagte ihn und er wagte nicht, sich umzudrehen.

Hatte er auf seiner egoistischen Suche nach Liebe und Glück als Sohn versagt? Ihm war bekannt gewesen, dass es schlecht um seinen Vater stand, er hatte es in vielen Boulevardzeitschriften gelesen und nun sein Tod. Marcel war erleichtert, aber sein Trostpflaster war nichts als Schmerz.

Sein Vater war ein eitler, sentimentaler Mensch gewesen, voller Widersprüche zu seinem Leben. Ihn umgaben stets bunte Menschenmassen. Hinter den Kulissen war er launisch und vor der Kamera talentiert. Ein Künstler, der keine Grenzen kannte. Sein Akzent kam in Hollywood wunderbar an. Alle Frauen wollten ihn, aber seine Maman bekam ihn. Die Leute glaubten immer, zwischen ihnen sei etwas Geheimnisvolles.

Marcel wollte eine Zigarette rauchen, aber er hatte kein Feuerzeug bei sich, er wollte auch keins kaufen oder nach Feuer fragen, also warf er die Schachtel in den Müll, irgendwann musste er ja sowieso damit aufhören.

Ihm fiel ein, dass er sich abends noch mit Shosh, dem Autor, treffen musste, auf den er keine Lust hatte. Er hatte auch keine Ahnung, wie er das alles schaffen sollte, ohne vor Kummer zusammenzubrechen. Nur die Sonnenbrille verbarg seine Traurigkeit.

Er beeilte sich, nahm ein Taxi. Der Fahrer schien

guter Dinge und lachte, aber Marcel konnte nicht einmal lächeln, er versuchte es jedoch.

Sein Vater war ein rachsüchtiger Mensch, extrovertiert und aufgeschlossen in jeder Art von Kunst. Gewesen. Nun war er ja tot.

Was für ein Wort. Diese lächerlichen drei Buchstaben drückten aus, dass jemand nie wiederkommen würde. *Tot.* Aus und vorbei. Und man konnte es nicht verhindern, musste es akzeptieren. Bloß nicht vor anderen traurig sein, besser ins Kopfkissen heulen.

Ob Mutter es schon weiß? Nein, die Zeitungen würden erst morgen darüber berichten oder spätestens nach der Beerdigung.

Er klopfte drei Mal an eine massive, schwarze Holztür. Der Schnee an seinen Füßen schmolz im Hausflur. Nein, es war nicht Winter, aber er stellte sich vor, es wäre jene Zeit seiner Jugend, als er vom Spielen heimkam. Sorglos eben.

»Ich bin wirklich müde, Chérie. Sag, was hast du auf dem Herzen?«, fragte seine Mutter, als sie ihn hereinließ.

»Ich geh nur mal kurz ...«, sagte er, ging lautlos ins Badezimmer und machte die Tür hinter sich zu. Er spritzte sich kaltes Wasser ins Gesicht. Öffnete die Augen – Nein, es war kein Traum. Er hörte das Telefon klingeln. *Würde sie jetzt anfangen zu weinen? Würde er aus der Wohnung rausstürzen?* Er konnte ihren Kummer nicht ertragen. Aber nein, alles blieb still.

»Maman, ich habe ein paar Fragen zu Vater, wegen des Films. Hast du ihn sehr geliebt? Und wenn ihr lange Zeit getrennt wart, hast du ihn dann schmerzlich vermisst?«

»Marcel, du fragst verrückte Sachen. Die Sehnsucht war wie ein Virus. Bist du mal damit infiziert, lebt es sich einfacher, aber es bleibt eine unbesiegbare, grausame Ohnmacht.«

Dann hörte Marcel auf, Fragen zu stellen, und lauschte nur den Worten seiner Mutter.

»Es scheint alles wahr zu sein, was man über die Liebe sagt. Es gibt kein Gleichgewicht. Alles ist echt, aufrichtig und richtig. Man empfindet echte Liebe anders, man spürt sich selber in seinem Körper. Man trifft falsche Entscheidungen. Fühlt aber, dass sie lebensnotwendig sind, und löst Probleme wie aus Zauberhand. Und irgendwann erleidet man den wahren Schmerz. Das Herz zerbricht und du drohst in deinem eigenen Herzblut zu ertrinken. Du schreist nach Hilfe, aber niemand hört dich. Am Leben hält dich nur eins – der Tod. Und der Spiegel, der dir einst dein Glück zeigte, repräsentiert nun ein verschleiertes, unter Tränen erschöpftes, Gesicht.«

»Hat er dich denn nicht geliebt?«

»Mehr, als du dir vorstellen kannst. Wir waren füreinander bestimmt. Ein Herz und eine Seele. Er betrog mich des Öfteren und ich floh, das raubte ihm die Kraft weiterzumachen. Und dennoch war er der Einzige für mich.«

»Wieso bist du dann gegangen?«

»Ich ging, doch ich kam zurück und fand das Bett leer. Da wusste ich, es ist zu spät. Wir hatten uns verloren.«

»Er war nicht mehr da?«

»Ja, er verschwand spurlos aus meinem Leben. Es war unser Leben, aber irgendwo haben wir was falsch gemacht. Aber ich entsinne mich nicht mehr, an welchem Punkt das war.«

»Er kam manchmal zu mir nach New York«, sagte Marcel.

»Schau an, nach Paris kam er nie.«

»Er hasste Frankreich.«

»Er war halt eigensinnig.«

»Er war einsam, Maman.«

»Ich doch auch!«

»Du hast gerade selber gesagt, dass es in der Liebe keinen Stolz gibt, und nun das?«

»Zu viel Zeit war vergangen. Ich bin älter geworden, er war beschäftigt.«

Marcel überließ sich kurz seinen Gedanken: *Für einen Mann verliert die Frau nicht an Interesse, indem sie über ihre große Liebe spricht. Im Gegenteil, es reizt den Mann und er will sie so lieben, oder auch mehr, als der Andere sie geliebt hat.*

Für eine Frau ist es eine Qual zu hören, dass der Mann, den sie begehrt, niemals mehr lieben kann, nachdem er seine große Liebe bereits fand. Solch eine Frau versucht nicht, zu verstehen. In einem solchen Moment hört sie zu und ist dem Mann eine Freundin.

»Denkst du, ich hätte die Zeit verschlafen? Jeden Artikel über ihn habe ich ausgeschnitten, alle Sendungen angesehen. Er hat sich nicht einmal verändert. Nur sein Haar ergraute.«

»Du hättest ihn besuchen sollen, er starb allein.«

»Er war nicht allein, sie war bei ihm«, sagte seine Mutter abwendend.

»Du kennst ihn doch, er brauchte immer jemanden um sich. Aber sie konnte dich nie ersetzen.«

»Wieso war *sie* dann da?«

»Maman, er schickte dir doch ein Telegramm, versuchte, dich zu erreichen.«

»Ein Telegramm? Ja, ich erhielt eins, aber ich zerriss es, ohne es zu lesen. Ich wusste nicht, dass es so schlimm um ihn stand.«

»Er sagte, du hättest kein Herz.«

»Ah, das hat er gesagt? Und ich dachte, er kannte mich besser. Jeder liebte mich, dabei wollte ich nur von ihm geliebt werden. Und schau an, nun ist er tot. Hört er uns?«

»Ich glaube schon.«

»Oh, ich hätte ihm noch so viel zu sagen, so viel zu bereden. Wir hätten stundenlang sitzen und einfach nur reden können. Er wurde nie müde. Die Vergangenheit scheint mir so nah.«

»Weine nicht, Maman.«

»Ich weine, wenn ich traurig bin.«

»Er schätzte immer deine Tapferkeit«, sagte Marcel und legte seinen Arm um ihre Schulter.

»Er dachte, ich wäre mutig, doch ich war es nicht. Ich riskierte viel, dafür bewunderte er mich«, sagte sie monoton.

»Glaubst du, Liebe ist stärker als das Böse?«

»Der Mensch ist zur Sünde geneigt. Er ist es, der das Böse entflammt und mit einer Entschuldigung ist er in der Lage, das Feuer zu löschen.«

»Mutter, ich …«

»Marcel, bitte geh jetzt. Ich muss allein sein«, sagte die alternde Schönheit, die da so verloren stand.

Sie wollte alles und immer sofort – und nun? Der Geruch des Erfolgs war mit dem Windzug hinfortgeweht worden.

Marcel schaute sie noch mal an, über ihren Mundwinkeln lag Bitternis. Sie war nie besonders, aber unvergesslich.

Er sah, wie sie mit dem Telegramm, das er ihr gab, auf die Terrasse ging, dann schloss er die Tür.

Er dachte an die alten Filme der 40er Jahre, in denen seine Mutter mitgespielt hatte.

Selbstentblößend. Ja, so sollte eine Hauptrolle sein. Das Instrument, welches ein Schauspieler benutzt, ist er selbst. Seine Gefühle, die Magie, seine Aura, seine Sexualität, der Hass und die Zärtlichkeit, auch seine Geheimnisse.

Marcels Tatendrang war ein wenig zurückgekehrt. Er saß in der Hotelbar und hatte den Kopf in beide Hände gestützt. Er wollte an der Bar noch einen Drink nehmen, er hatte noch Zeit sich zu besaufen und die Zeit totzuschlagen, bevor sie einen von selbst ins Grab zerrte. Aber davor musste er noch eine Geschichte erzählen.

In seiner Hand hielt er Scotch und erinnerte sich. Das war das Problem bei ihm. Immer wenn er trank, kamen alle Erinnerungen in ihm hoch, er vergaß absolut nichts. Verloren im Glück alter Erinnerungen, vergaß er manchmal die Realität.

Hin und her gerissen war er. Sollte er zur Beerdigung fliegen oder hier bleiben? Er wollte das Bestehende vernichten. *Für immer* war vorbei. Die Suche nach Veränderung begann, während Unzufriedenheit wuchs.

Auf seine letzte Arbeit war er nicht besonders stolz. Er suchte nach Inspiration und fand sich in billigen Bordellen wieder. Sein Erfolgsstern sei erloschen, meinten einige Kritiker. Marcel wollte etwas wagen, neue Sachen ausprobieren und seinen Stern noch einmal aufgehen sehen.

Der Barkeeper füllte anderen nach, während Marcel die flache Hand über das Glas hielt. Nein, er konnte sich jetzt nicht volllaufen lassen. Er musste auf Shosh warten, vielleicht würde der sich mit ihm betrinken. Vielleicht hätte er aber nachher noch Zeit für einen Spaziergang. Er liebte einsame Sparziergänge entlang der Seine.

Ein junger Mann hat dort mal Selbstmord begangen, aus Liebeskummer. Und das Mädchen, das die ganze Zeit hinter ihm herlief, wie sein Schatten, sprang ihm hinterher und beide verglühten im Wasser, wie zwei Sternschnuppen.

Ah, er verlor sich in Gedanken, die ihn schubweise überwältigten. Nur eins konnte er nicht mehr: an seinen Vater denken. Er sah ihn immer nur auf Leinwänden, in großen Kinosälen. Nun waren die Filme für die Ewigkeit. Ja, jetzt war auch sein Vater unsterblich geworden.

Marcel wollte dann doch noch einen Drink, aber der Barkeeper stand plötzlich nicht mehr hinter der Bar und Marcel sah sich im Spiegel. Er begegnete sich selbst erneut wieder – dort gegenüber saß er und hinter ihm stand jemand.

»Hallo, mein Name ist Shoshanna. Der Concierge hat mir gesagt, dass ich Sie hier finden kann. Leider kann ich nicht lange bleiben. Könnten wir uns an den Tisch dort drüben setzten?«

»Shosh...«, stotterte Marcel.

Und während sie in ihrem weit ausgestellten Rock vor ihm her ging, versuchte er, sich an das zu erinnern, was sie zu ihm gesagt hatte.

Sie setzten sich und Marcel bestellte eine Flasche Champagner. Er fühlte sich sofort wohl neben diesem eigenartigen, schönen Mädchen.

»Erzählen Sie mir, wie Sie arbeiten! Was ist die geheime Magie eines Schriftstellers, wie füllt er ein leeres Blatt?«, fragte Marcel, der dem Kellner den Champagner aus der Hand riss und ihr selber einschenkte.

»Kreativität ist die schöpferische Fähigkeit des Menschen, etwas Neues zu erfinden. Sie hat etwas mit Intelligenz zu tun, einer schnellen Auffassungsgabe, dem Erkennen komplexer Zusammenhänge oder dem Finden kreativer Lösungen, im Verhalten und Erleben wechselnder Situationen.

Man muss sich rasch anpassen können. Die Intuition verbindet das Unterbewusste mit dem Verstand, der Pforte zur Wahrheit. Die Fantasie ermöglicht es uns, Elemente aus dem Unterbewussten, Bewussten und dem Metabewussten zu kombinieren und uns etwas vorzustellen.

Durch die freie Assoziation der Einbildungskraft, kann sich der Geist von eingefahrenen Ideen lösen. Wenn eine Idee eine emotionale Bedeutung hat, dann löst sie einen kreativen Prozess aus. Man betrachtet etwas aus der Distanz. In dieser ersten Phase entsteht ein Drang zur Formgebung. Man muss schließlich von der Idee zur Tat übergehen und eine Lösung ausarbeiten. Der Intuition muss Gelegenheit geboten werden, mit den Ideen im Kopf zu spielen. Ideen müssen reifen und eine persönliche Tiefe bekommen. Unfertig verbleibt die emotional ansprechende Idee im Geiste.

Das Gestalt-Gesetz treibt uns dazu, eine nicht fertiggestellte Gestalt zu vervollständigen. Man muss sich losreißen, denn nur so kann eine kreative Idee Tiefe und Reichtum bekommen. Anfängliche Gefühle innerer Leere können den kreativen Prozess natürlich stören, man will unbedingt etwas tun, ist rastlos, hat Angst …

Das kann zu Wahnsinn führen. Die kreative Kraft des Metabewusstseins muss den Prozess der Formgebung führen. Bei der Formgebung muss man eine Wahl festsetzen und andere Möglichkeiten loslassen …«

Selbstentfaltung und *Bewusstseinserweiterung*

waren ihre letzten Worte, die er kaum mehr mitbekam. So sehr konzentrierte er sich auf ihre Stimme.

»*Und ich war so blöd und dachte, Shosh wäre ein Kerl.*«

»Überrascht, was?«

»Habe ich etwa laut gedacht?«

»Sie haben nicht laut gedacht, aber ihre Augen haben eine eigene Sprache.«

»Ich dachte, Shosh wäre ein Name für einen Jungen. Ich dachte, Shosh wäre ein junger, aufstrebender Autor.«

»Und nun sitzt vor Ihnen eine junge, aufstrebende Autorin.«

»Warum Shosh?«

»Ich heiße Shoshanna.«

»Also ist Shosh ihr Pseudonym?«

»So in etwa«, sagte sie leicht errötend.

Ihre vollen Lippen bewegten sich langsam und sinnlich beim Sprechen.

»Leben sie hier in Paris?«, fragte Marcel.

»Oh nein, diese Stadt ist viel zu romantisch für mich.«

»Verstehe, aber sie sind doch Französin?«

»Zur Hälfte. Ich bin einsam hier. Ich habe hier

studiert. Ich fühle mich verloren und muss gestehen, nur wegen Ihnen wieder hier zu sein.«

»Wegen mir?«, fragte Marcel und zu seinem Erstaunen berührte sie kurz sein Champagnerglas, so als ob es ihres wäre.

»Genau. Dieses Drehbuch habe ich geschrieben, nachdem ich alle Filme ihrer Mutter gesehen habe. So voller Leidenschaft in seiner Rolle aufzugehen, gelingt nicht jedem. Ich vergöttere sie, weil sie so extrem spielt. Wie sagte sie doch in Nonchalance: *Glück beruht auf Geben und Nehmen. Wer nicht sieht, wird niemals verstehen. Wer kein Herz hat, wird niemals mit anderen mitfühlen, und wer nicht teilhaben lässt, der wird niemals das wahre Glück kennenlernen.*«

»Wissen Sie, wir investieren so viel von unserem Budget in die Stimmungen der Schauspieler ... alles lauter Egos ohne Begabung mit Stimmungsschwankungen und politischen Ansichten. Debile Persönlichkeiten, die zu Idolen werden«, sagte Marcel und wünschte sich, er hätte die Zigarettenschachtel nicht weggeworfen.

»Möchten Sie noch etwas trinken?«, fragte der Kellner.

»Für mich Scotch und ein ...« Er stockte, denn

er hatte eine viel bessere Idee, »danke, aber ich denke, wir nehmen doch nichts mehr. Die Rechnung, s'il vous plaît!«, sagte Marcel und wandte sich Shoshanna erneut zu. »Sie haben mit Ihrem Drehbuch einen Volltreffer gelandet. Sie sollten die Hauptrolle spielen! Ah, was sage ich ... Pardon, der Champagner ist schuld.«

Sie bemerkte, wie er errötete und zu ihr rüberschaute, als versuche er einen Blick in ihre Seele zu erhaschen.

»Sie haben eine einmalige Begabung, es ist magisch, ihre Filme zu sehen.«

»Wollen ... können Sie ... ich meine ... ich würde Sie liebend gerne einmal fotografieren, um zu testen, wie fotogen Sie sind. Würden Sie das machen, sich für mich vor die Kamera stellen?«

Das Set war vollkommen verlassen. Er setzte sie vor eine weiße Leinwand auf einen Stuhl.

»Versuchen Sie, Ihre Gefühle augenblicklich zu vermitteln.«

»Brauchen wir dafür nicht ein Drehbuch?«, fragte sie.

»Improvisieren Sie einfach!«

Shoshanna warf ihr Haar hinter die Schultern. Sie überlegte kurz und dann ...

Es waren nicht nur Probeaufnahmen. Er wollte sie ganz einfach hinter der Kamera in Ruhe betrachten. Die Linse war sein Auge, hinter der er sich versteckte, weil er sich schämte, sie anzusehen, ohne dabei nicht rot zu werden.

DANKSAGUNG

Zu allererst richtet sich mein Dank an meinen Bruder Paul, der mein Manuskript als Erster gelesen hat und mir von Anfang an und bis zur Fertigstellung des Buches geholfen hat.

Ich danke meinen Eltern Lydia und Jörg für ihre unterstützenden Worte und den Stolz in ihren Augen.

Danke an Marion Blomeyer für Ihre wunderbare Gestaltung des Buchcovers. Sie erfüllte Ihre Aufgabe mit großer Begabung und viel Liebe zum Detail.

Herzlichen Dank an Rebecca Resch, für das Korrektorat und für die tolle Zusammenarbeit.

Danke an Sense of Sentence, für den Satz. Es ist so geworden, wie ich es mir gewünscht habe.

Selbstverständlich geht mein Dank an meine geliebten Kinder Fidel und Adeline, die mir die nötige Zeit gaben, mich meinem Buch zu widmen.

2014 kam mir die Idee für das Buch und ich bin glücklich, dass ich 3 Jahre danach meinen Debütroman in den Händen halten kann.

Einen großen Dank an das Team vom BoD – Books on Demand Verlag, die es mir ermöglichten mein erstes Buch rauszubringen.

Über die Autorin:

Anastasia Weimer (geboren 17. September 1988 in der Sowjetunion) ist eine deutsche Schriftstellerin russischer Herkunft.
Im Juli 1993 zog sie mit ihren Eltern und ihrem Bruder von Sibirien nach Deutschland. Sie unternahm bereits in ihrer Kindheit erste Schreibversuche und wurde in diversen Anthologien und Zeitschriften, seit dem Jahr 2001, veröffentlicht.